八幡！

戸部淑
Sunaho Tobe

红绪
Benio

Ponkan

Ponkan⑧/ 插画师。主要插画作品有《我的青春恋爱喜剧果然有问题》系列（GAGAGA 文库）、《学生会侦探桐香》系列(讲谈社轻小说文库),以及《白箱》的角色原案等。(彩插 P1）

Shirabii

Shirabii/ 插画师。主要插画作品有《龙王的工作！》系列（GA 文库）、《无彩限的怪灵世界》（KA ESUMA 文库）、《86—Eighty Six》系列(电击文库）等。(彩插 P2-3、插图 P12)

Benio

红绪 / 插画师。主要插画作品有《用数字拯救弱小国家》系列(电击文库）、《朋友角色很难当吗?》系列（GAGAGA 文库）、《打倒史莱姆 300 年后,不知不觉达到了 MAX》系列（GA 小说）等。(彩插 P6-7、插图 P54)

Sunaho Tobe

户部淑 / 插画师。主要插画作品有《人类哟衰退之后》系列（GAGAGA 文库）、《噗哟噗哟》角色原案、《Riviera~ 约束之地》角色插图等。(彩插 P4-5、插图 P73)

Ukami

Ukami/ 插画师兼漫画家。除执笔漫画《青春讴歌部》(电击 Comics EX)、《珈百璃的堕落》(电击 Comics NEXT)系列外,主要插画作品有《渣男与天使的二周目生活》系列等。(插图 P117)

ANTHOLOGY2 ONPARADE

我的青春*
恋爱喜剧
果然有问题
番外2 集体篇

[日]渡航 等 / 著
[日]Ponkan⑧ 等 / 绘
青青 / 译

时代出版传媒股份有限公司
安徽少年儿童出版社

目录

原版设计：沼田里奈

🔪 千叶的高防线战术果然有问题

白鸟士郎

插图：Shirabii

"八幡。"

天使在检票口对面朝我招手。

咦？好奇怪啊！

我今天只是跟同年级的男生在这里碰面……怎么天使在这里？

我停下脚步，难以置信地揉了揉眼睛。

咦？好奇怪啊。（以下省略）

"八幡，这里哟！喂！"

见我站在原地揉着眼睛，天使蹦跳着朝我招手。啊，我的心都跟着雀跃起来了！

不。

其实那并不是什么天使。

而是我的同学——户冢彩加。

"哇！简直是美少女……"

"那个眼神猥琐的男人是她好朋友吗？简直难以置信……"

从检票口进出的人群朝蹦跳着向我招手的户冢投去或惊讶或羡慕的眼神，但当看到我后，嘴里纷纷蹦出质疑与唾弃的声音。

户冢彩加只是生理性别是男性吧。

当然，也可能是我误解了。因为车站往来的行人当中，几

乎没有人认为户冢是男孩。任谁看到，都会坚定不移地认为，那是个相貌出众的美少女。

所以，可以认为户冢是女孩，对吧？

"八幡！后面都堵住了！干吗站在检票口前面发呆啊！快点过来呀！"

知道了，马上过来！

我整理好心情，朝他那边迈出脚步。真是神清气爽……

我穿过检票口，朝户冢稍稍低下头。

"抱歉，我来晚了。"

"没有哟，你刚好赶上。我因为太期待跟你见面，所以坐早一班的电车过来了。"

说完，户冢难为情似的"唉嘿嘿"地低头笑了笑。

"嗯?"

我故意将脸别向一侧，扯起了其他话题。

"那个……就是那个，苏我站什么时候变成这样了?"

"啊哈哈，可爱吧!"

至于可不可爱……因人而异吧。

在出检票口之前，站内都是清一色的足球装饰。

车站的墙壁上点缀着球队俱乐部的图片，到处都是象征足球队的红、黄、绿三种颜色。

如果非要说的话，在一众枯燥无味的暗灰色 JR（日本铁路公司）车站中，唯有苏我站能让人眼前一亮。

站内连面包店的收银阿姨都穿着黄色工作服，但即便是客套，也绝对称不上"可爱"，总给人一种……像是被迫穿上的感觉。

而且，刚刚我在月台上瞟了一眼，站前的圆盘处设有一尊吉祥物的塑像，上面是两只小狗在愉快地踢足球。

户冢边仰头打量着我复杂的表情边问道："莫非这是八幡……第一次在苏我站下车？"

我将脸别向一侧，用生硬的语气回道："因为我平时不会在苏我站换乘，一般都是路过而已啊，而且我休息日也很少去坐电车。"

"我参加社团活动的时候会在这里换乘。休息日也可以在车站和电车里看到穿制服的人。"

"因为这里离学校很近嘛。"

没错。

这里离总武高中附近的稻毛海岸车站只有两站的距离。

而且，从苏我站到千叶站只需要五分钟、到东京站只需要大约四十分钟，距离市区非常近。还可以换乘内房线、外房线、京叶线以及京叶临海铁道临海本线。

从地理位置来看，苏我站周边地区今后很可能会发展为继千叶市中心、幕张新都心之后的第三大中心地带，也就是第三新千叶都心。

不过，目前这边还都是工厂，看起来有点煞风景。

我和户冢之所以会来到这个平时鲜少光顾，宛若一个住在近处的亲戚般的苏我站——

"你们两个终于来啦！"

看着眼前带着爽朗笑容悄然出现的人，我下意识地发出了惊讶的声音。

叶山隼人。

足球社社长，把我和户冢叫来苏我站的家伙。

平时不管是穿制服还是私服，都显得十分洋气的现充……今天却穿着一身黄色的足球运动服，脖子上戴着一条同色系的类似围巾一样的东西。

平日着装低调沉稳的叶山，今天显得格外惹眼。

"哇！叶山同学，套装和应援毛巾都装备好啦！很有球迷的感觉呢，不愧是足球社。"

"套装？"

"就是足球运动套装。"

叶山爽朗地解答完，再次对我说了句"比取谷，你终于来了"。

"嗯，我自己都有点意外。"

我坦率地回道。

去体育馆看足球赛什么的，根本就是现充的行为啊。

那种一般不都是一些气氛制造者带一群死党在现场欢呼喝彩吗？不停地喊"是我是我"，未免太高调了吧？我我欺诈吗？这是有多喜欢自己？

（译注：欢呼时喊的口号"Ore"和我"Ore"的日语发音相近。"我我欺诈"指在电话里说"是我啊"，借此装作很熟的一种诈骗手段。）

"因为 JR 东日本是千叶的赞助商啊。"

"嗯？"

面对突如其来的话题转换，我下意识地发出了疑惑的声音。

"刚刚不是在聊苏我站的话题吗？"

"你听到了吗？"

"没，从你们的谈话氛围猜到的。"

事情是这样的，原本我和户冢在讨论休息日去哪，结果叶山过来插一嘴。

他说有免费门票，可以去看足球赛，地方离学校也近，一点也不可怕……在他花言巧语地劝说下，我们两个答应了下来。

不过，这总比被材木座和川什么同学缠着要好……可以的话，我想跟户冢单独去一个很远的地方。一个没有旁人打扰的地方……

所以，我此刻的心情十分复杂。

但如果我现在扭头就走，户冢就得被迫与叶山独处……没哪个人能在独处的情况下不被户冢的魅力所吸引吧。

无视闷闷不乐的我，户冢带着天真无邪的表情向叶山问道："对了，叶山同学。我们不是去看球赛吗，为什么还要求我们带便当啊？"

"去了就知道了。"

叶山露出神秘的笑容，走到离我们半步远的前方，带着我们朝体育馆的方向走去。

当时我就应该有所察觉。

今天……不对，从邀请我们前往体育馆的那一刻起，叶山就显得有些可疑。

×　　×　　×

从车站一直走就能抵达体育馆，但中间稍微有段距离，于是我们三人边走边聊起来。

不过，我们三个平时很少一起出门，也没什么共同话题。

所以基本都是生硬地尬聊，跟体育课上练习足球传球时一样生硬。

"对了……你们两个平时会看足球赛吗？"

叶山冷不丁地抛出一个问题，我和户冢各自回答起来。

"我只会看一些代表赛，世界杯那样的比赛一般会通宵看。"

"我也只看千叶银行杯。"

如字面所示，千叶银行杯是由千叶各大银行冠名赞助的足

球赛事，与国际足联世界杯和欧洲冠军联赛一起并称为世界三大顶级足球赛事。

千叶和柏太阳神足球队几乎每年都会在千叶县上演一场最强争夺战。实际上是世界顶级决赛，会被拿来与世界杯相提并论也并不奇怪……

我试着把网上流传的这些笑话搬了出来，谁知叶山听完后，双眼一亮，莫名地燃起了兴趣。

"你会看千叶银行杯吗？那你对千叶球员也很熟咯？可以问问你喜欢哪个球员吗？"

"我喜欢利特尔斯基。"

"好厉害啊！你从很早开始就支持千叶了吗？"

"呃，利特巴尔斯基在球队踢球的时候我还没出生吧？我只是随便说了个认识的球员的名字……能不能有点分辨能力……"

今天的叶山格外殷勤，全程无视我装傻充愣的态度，不停地扯各种话题，所以我一直没机会表态。

顺便说下，利特巴尔斯基是二十多年前加盟千叶队的德国球员。据网上说，他在日本退役后当起了足球教练。第二任妻子是日本人，也就是萩原健一的第一任妻子。利特巴尔斯基日语说得很溜。这些是千叶县民无人不知的常识。

话说到这份上，叶山终于意识到我似乎不太想去看球赛。

"莫非……你讨厌足球？"

"我不是讨厌足球，只是讨厌涩谷那些吵闹的家伙。赢了比赛，球员高声欢呼可以理解，可为什么陌生人也要为这种事情大喊大叫？为什么这种给人添麻烦的行为可以得到原谅？真是无法理解。"

曾经担任国会议员、自称长得像深田恭子的女人，在与国内数一数二的足球俱乐部粉丝争吵的时候，就说过这段话。

"何必把自己的人生寄托在别人身上。"

真理往往出自废材之口。

如果废材说的话都让你觉得有道理，那其他人说出来更是无从反驳。

所以，我试着用犀利的语气回应叶山——

"没错，你说的有道理。"

没想到叶山同意了我的观点。

"虽说每个人看球的习惯不一样，但我还是讨厌在体育馆外喧哗、给周围人添麻烦的家伙，我可不想被当成他们的同伙。"

"是吗？"

"而且我不理解为什么有人从不关心国内俱乐部的比赛，一心想着支持代表队或者国外球队的比赛。正因为有国内足球联赛这种可以让球员安心成长的比赛环境，他们才有机会挑战国外赛事啊。你不觉得吗？机会难得，今天我一定要让你见识一下国内足球联赛的水平究竟有多高。里面可是有很多实力超群的球员。"

"哦、哦……嗯，我现在已经充分领会到了。"

看来今天要跟叶山拉开距离并非易事……

我别开视线，环顾四周，发现一群身穿黄色元素服装的家伙正齐刷刷地朝某个方向走去，好似朝圣者。我没见过朝圣者，不过应该就是这种感觉吧。

我边呆呆地望着那群家伙，边喃喃自语："黄色代表千叶的粉丝……应该是足球迷吧？"

"嗯，他们都朝同一个方向走，应该是的。不然一般都会搭车来这边。"

足球有足球迷，篮球有篮球迷。听叶山说，足球迷为球队

应援时，一般会和着鼓声高唱应援歌曲，或是大喊应援口号。在电视前观看代表赛时，也时常能听到有人像念经似的重复念叨"啊，日本，日本，日本，日本"，这应该也是某种应援口号吧。

户冢神色兴奋地说道："我在 YouTube（视频网站）上看过，稍微记得一点！"

"上面还有这种东西吗？"

我问道。叶山连忙接过话茬。

"有些粉丝团体会录音并发布到平台上。应援一般都是球迷自主发起的。户冢，你看到的是怎样的？"

"我想想啊，就是……'我们一起，向前进发'之类的。"

"《奇异恩典》啊，那是球员入场时会唱的歌。"

（译注：《奇异恩典（Amazing Grace)》是一首美国人喜爱的赞美诗。）

完全不懂两人到底在聊什么，不过能听到户冢轻唱两句，也算不错吧。那简直是天使的嗓音，就应该请他在赛前独唱。不过，我唱就不好说了。于是我向叶山确认道："规定每个人都要唱吗？"

"看你在哪个位置看比赛吧。有些区域需要大声合唱，有些区域就不适合大声喧哗。毕竟来看比赛的人很多。"

哦，还以为去体育馆看比赛的都是一些吵闹的家伙，看来并非如此。

"球门后的位置是应援最激烈的区域，不过那里一般都是全程站着看，观看视角也不好，不适合初次看球赛的人。"

"视角不好？为什么？"

"足球从侧面更容易看清楚双方射门的情况。正面的话，只能看到一方的射门情况。"

哦，这样啊。

"不过，练习的时候我习惯从正面看，这样更能学到东西。"

平时我一般都在电视上看球赛，从没有思考过从哪个角度观看视角更好。

户冢望着陆续走向体育馆的行人，轻声嘀咕道："大部分人都带了应援周边，我们去体育馆会不会显得很另类……"

"两位，要不我把周边借你们吧？"

"欸？可以吗？"

户冢像只小狗一样猛地竖起耳朵，激动得两眼发亮。

但是，相比开心，我更多的是觉得可疑。

叶山的那句"借你们"……听起来像是有一个蚁地狱般的巨大陷阱等着我们。虽然可能是我的错觉。

（译注：蚁地狱出自《游戏王》等游戏，现用来形容绝望、难以摆脱的困境。）

像小狗一样欢欣雀跃的户冢突然为难起来。

"啊……但这样的话，叶山不就没有周边了？"

"是啊，借给我们不太好……"

没等我说完，叶山从包里掏出一件黄色球服。

"没事，球服分为主场球服和客场球服，然后守门员也有主场和客场球服，我每年最少会买四件。这是常规操作，对吧？"

"哦、哦……这样啊。"

只买一件不行吗？

我很想这么吐槽，但别人为爱好花多少钱是人家的自由，我没有资格去批判什么。毕竟在家被小町吐槽说"哥哥读的轻小说封面全都一样，同样的书买这么多本有什么意思？欸？这些都是不同的作品？"时，我也会生气。

"虽然有点大……怎么样？适合我吗？"

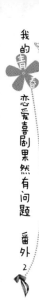

叶山给户冢的球服有点大，户冢直接将球服套在了自己的衣服外，并转了个圈。

"挺不错啊，对吧，比取谷？"

"嗯……非常合适。"

有时候男生穿大号球服会比女生更可爱，户冢就是这种类型。刚才对叶山萌生的警惕心瞬间被户冢身上散发的神圣光芒吹散。

户冢太可爱了，今天就定为"户冢纪念日"吧。

× × ×

"哇！离比赛还有两小时呢，竟然就已经来了这么多人。"

等我们来到体育馆前，这里竟已经排起了密密麻麻的长队。

不会吧……这得有一万人？

见我们一脸惊讶，叶山解释道："球队一般会提前一小时进场练习。所以，确切来说，现在距离开场还有一个小时。"

"嗯？"

这说法听着很有道理，但又总觉得哪里不对劲。我和户冢一时间不知该如何回应。不过，既然叶山都这么说了，应该就是这么回事吧，我们也没有过多追问。

"也要看体育馆状况，遇到感兴趣的比赛，有些球迷比赛当天就早早去排队了。"

"喂，叶山……我们要排队吗？"

"没必要啦，如果想在前排看比赛的话，可以去排队。不过，我希望你们今天能先感受一下体育馆的气氛。"

太好了……如果可以，我很想立刻出门右转回家。

我边用叶山借我的应援毛巾（我没要球服，只借了条毛巾）擦汗，边环顾四周。这时，一股令人垂涎欲滴的香味钻入鼻腔。

"两位，在进体育馆前，先去吃点东西吧？"

因为叶山之前说午饭在体育馆内解决，我也就没有特意带什么食物。现在又说要去外面吃饭，我自然会有点不爽。

"可这附近的摊子应该很贵吧，而且味道大多都不怎么样……"

千叶可是最具性价比的萨利亚餐厅的发源地，作为地道的千叶人，在吃方面我绝对不会多浪费一分钱。

但有一样东西直接让我打破了自己固守的原则。

那就是——

"胜浦担担面！这不是胜浦担担面嘛！"

摊子上竟然有作为 B 级美食享誉全国的担担面，多花点钱品尝也心甘情愿。

最近千叶县卖担担面的摊子多了起来，以前这可是外地人很少有机会能吃到的梦幻拉面……后悔的心情顿时被兴奋替代。胜浦担担面就是有这么大魅力！平冢老师看到肯定要喷鼻血吧？

叶山对附近的摊位也了如指掌。

"那边是烤串店，用的是从鸭川直送的新鲜海产。那边那家是荞麦面店，每次都会在面里加入千叶的特产食材。两家都在美食节上得过奖，非常值得品尝。"

"还以为跟祭典的出摊一样呢……原来都是知名美食啊！"

"毕竟最近球场美食也竞争激烈。"

顺带一提，球场美食指的是体育馆周边的美食。

我走上前，好奇地看了看附近的摊子。

千叶的高防线战术果然有问题

"哇，这个好可爱!"

看到狗狗笑脸形状的大判烧，户冢发出了惊叹的声音。

这……可爱……吗?

"杰菲烧是以千叶的吉祥物为原型制作的超人气美食，有小仓汁粉、巧克力、蛋奶沙司三种口味可以选择。烤熟需要点时间，最好趁现在人少赶紧去买来尝尝。"

叶山滔滔不绝地介绍着，狗狗笑脸大判烧也顿时少了几分吸引力，这让我感到有些不爽。

"嗯，三种啊，好难选……"

户冢皱着眉头苦苦思索了一会儿，扭头对我说道: "八幡你选哪个? 巧克力? 蛋奶沙司?"

"我……选小仓汁粉吧。"

我最后选择了谈不上喜欢的小仓汁粉口味。带回去给小町吃吧……

"叶山，你推荐哪个摊位?"

"我推荐这个。"

叶山从包里掏出一个大号塑料饭盒，得意地敲了敲。

这是什么情况?

接着，他迈着轻快的步伐走到堆满烤香肠的摊位前，让摊主往塑料饭盒里装满烤香肠后，又快步走了回来。

"那家'喜作'就是这样，带了饭盒的话，他会把你的饭盒装满，厉害吧?"

这也装太多了吧……跟棒球队吃的便当里的白米饭一样，塞得满满当当……香肠都快变成白米饭了……

笑眯眯地看着手里的狗狗笑脸大判烧的户冢也跟着睁大了眼睛。

"哇! 难怪你要我带饭盒呢，叶山。"

"户冢，你也带了饭盒吧？要不买一份？"

"嗯。不过我吃不了这么多……"

"那比取谷呢？"

"哎呀……那个，我忘带饭盒了。"

"也不一定要饭盒，带个像样的容器就行，比如有人会用装三明治的盒子代替。"

"看来你是常客……"

经验丰富的球迷会提前去对面购物中心买一份盒装点心，吃完后往盒子里装上满满的烤肠，再挤上大量的番茄酱。

"不过，机会难得，我要选红色的胜浦担担面。"

我没有采纳叶山的建议，径直来到了担担面摊前。胜浦担担面也颇受足球迷欢迎，此时的摊前已经排起了长队。

胜浦担担面有一股麻油类担担面所没有的辣油香味……闻着那股足以温暖港町胜浦的渔民和海女冰冷身体的红汤的醇香，排队等待的时间莫名地过得很快。

"这就是胜浦担担面啊……简直就跟宝石一样。"

加有大量辣椒和辣油的汤汁，如同一颗耀眼的红宝石。

先尝尝面汤的味道吧……我小心地品尝着廉价塑料碗里的宝石汤汁。

"嗯？虽然比想象中要辣……但真的超好吃！"

没有麻油担担面那么滑爽，强烈的辣味刺激着味蕾，浓烈的香味在口腔中炸裂开来。我瞬间被胜浦担担面俘获，忘我地喝着面汤。汤汁很辣，我没办法一口气喝完，但味道真的很好！

就在我专心地吃着担担面的时候，周围突然骚动起来。

"嗯？"

好像有人在用扩音器发表演说。我望向声音传来的方向，发现梯凳上站着一个手持扩音器的长发大叔……确切来说是一个年过六十的男子在那里激情澎湃地发表着演说，嘴里不停地念叨着"我绝对不能输""全力支持我吧"之类的。附近站着几个革命家打扮的人，脸被头盔和围巾遮得严严实实。在这个如节日会场般的热闹地段，他的装扮着实有些显眼，就有点像街头的混混……

"那是狂热球迷。"

不知何时，叶山已经吃完满满一盒的烤香肠，来到了正在吃着担担面的我身旁。

"那是一群成天站在球门后应援的球迷。他们不会动用暴力……不过比取谷应该不喜欢那样的吧？"

"你说的没错，反正我只会感觉……很吵。而且，应援不应该是强制性的吧？"

"你说话好毒啊。"

叶山面露苦笑。

"不过，要这么说的话，侍奉社的活动也跟这差不多吧？"

"完全不一样。"

"哪里不一样？"

"我们是被平冢老师逼的，而你们是出于爱好自愿的。"

"呵呵，你说话真的……一点也不留情面。"

叶山虽面带笑容，但眼睛里没有一丝笑意。

户冢察觉到气氛的变化，连忙指着稍远的位置说道："喂喂，叶山！那边聚集了好多人，他们在做什么？"

"他们应该是……在等巴士吧。"

"等巴士？"

"迎接接送球员的巴士。从比赛前开始应援，提高比赛气氛。"

有必要做到这份上吗？我只听过有偶像粉丝会在出口或者

千叶的高防线战术果然有问题

入口处迎接，还没听说过有人会在巴士外应援。

"呵呵，那有效果吗？"

我故意用略带嘲讽的语气问道。谁知，叶山竟耐心地为我科普起来。

"因为球队进入球场后，球员注意力全在球上，基本听不到场外的应援声。但他们在巴士上的时候还有闲情看外面，所以有人认为在巴士外应援更有效果。"

"想得还挺多……"

"也只能这样了，这也是球迷的无奈之处。"

叶山的这番话让我感受到微妙的违和感。

他本人也踢足球，而且球技还算不错。他们这种会踢球的球迷应该喜欢根据自身的经验发表见解，比如户部。但叶山始终从旁观者的角度分析现状，虽然话多了一些，但全程都是旁观者的视角，没有丝毫的偏移。就像……我在学校的立场一样。

过了一会儿，巴士开过来了。球迷们激动的叫喊声如同远处炸裂的惊雷。

"他们在说什么？"

面对户家的提问，叶山往远处看了一会儿，简短地回道："WIN BY ALL（大获全胜）。"

× × ×

穿过入口，踏入体育馆的那一刻，另一个世界的光景映入眼帘。

"哇……"

我下意识地惊叹了一声。

色彩鲜艳的绿茵场，是在眼前蔓延开来的绿色海洋。体育馆的形状像一个巨大的碗，观众席比想象中还要高。感受着高处巨大的风压，我嘀咕道："这座位……也太陡了吧？"

"是啊……有点可怕……"

户冢在我耳边轻声说完，紧张地捏着我的衣袖，露出惹人怜爱的笑容。

"但有八幡在身边，一定没事的！"

足球也太美妙了吧？我都想买季度通票了。

叶山占到一个三人座位，扭头问道："怎么样？第一次来体育馆感觉如何？"

"太棒了，简直令人身心愉悦。"

"你能这么想太好了，不枉费我邀请你们出来。"

叶山看起来心情很好。太好了！大家都感到很幸福！

我坐下来，环顾四周，很快发现了一个奇怪的地方。

"喂，叶山。为什么正面看台没什么人……"

"嗯，千叶体育馆正面看台的价格有点高。所以大部分人都选择在背面看台看比赛，正面自然就很空了。"

"所以？"

我们所在的背面看台几乎座无虚席，而且还有人不断涌进来……

"啊，那个不是户部吗？"

我在球场的一角看到了一伙穿着同款球服的人，当中有一张脸十分熟悉。那家伙也注意到了我们。

是户部翔。他和叶山同属于足球队，平时喜欢黏在叶山身边。

"隼人！喂！哟！"

户部浮夸地边喊边蹦跳着朝这边挥手，叶山只是苦笑着朝他轻轻挥了挥手。不只是户部，其余足球队成员也纷纷朝叶山挥手点头。

17

"那是我们学校的足球队吧？为什么会出现在球场上？"

户冢疑惑地问道。叶山回道："县里的足球队成员要来赛场帮忙分担杂务，比如帮忙捡球、抬担架之类的。"

"唉！可以接触到专业比赛，不错啊！要是网球社也有这种机会就好了！"

户冢喜欢网球，平时还会参加网球培训，他十分羡慕同学能有机会与职业选手交流。

我当即说出了内心的疑问。

"叶山，你不用去那边吗？"

"我中学的时候就去过了，这种机会还是让给低年级的队员比较好。跟职业球员站在同一片赛场上，可以大大提升社团的活跃度。"

叶山的这番话简直是标准答案。像是提前准备好了一般，我找不到一丝可以反驳的漏洞。虽然叶山总是以完美形象示人，但他今天的谨慎程度反倒令我在意。

球队在球场内练习完后，开始了各种赛前仪式。

县自治体的官员发表讲话，赠送特产。赞助企业的年轻员工带头练习应援，观众席的球迷用力挥动应援毛巾，整个体育馆很快被黄色占领，场面极其壮观，比如挥动毛巾、激动大喊的户冢。

赛前每个环节都十分精彩，热闹程度也超出了我的想象，甚至让我产生了一丝违和感。

最后，一个小学生模样的孩子在两只狗狗吉祥物（布偶装）的带领下走上台，宣读完公平比赛规则后，声音洪亮地说道："自从我出生以来，千叶就没有晋级过，今年一定要晋级！"

刹那间，整个体育馆鸦雀无声。孩子纯真的发言总是能不经意间戳伤大人的心……

　　而且孩子目睹了千叶这些年在足球联盟二部的表现，这番话对众多球迷来说无疑是一种打击。应援声此起彼伏的背面看台稍稍安静了一些……大家的情绪似乎有些低落。

　　"叶山。"

　　"嗯？"

　　"为什么千叶没办法回到一部？"

　　我开门见山地问道。

　　没错，千叶隶属于日本足球联盟二部，而并非一部。

　　我心中的违和感正来源于这里。

　　明明是二部，为什么大家都这么激动？

　　"可能是我的错觉吧，我怎么感觉千叶以前还挺强的？现在来体育馆看球赛的人也很多，JR还来赞助了，说明财政实力还不错吧。那些没什么钱的乡下球队都去了一部，为什么……"

　　"是啊。千叶以前确实很强，甚至称得上是日本足球联盟最强队伍。虽然大部分得益于某位来自东欧的足球名将。"

　　"叶山，就是那个担任了日本代表教练的……"

　　"最好别随便提那位名将的名字，不然会忍不住怀念过去吧。我们不能沉浸在千叶过去的光环中，要怀着这份荣光，继续前行……"

　　至于叶山说的是谁，即便不懂足球的我和户冢，也心知肚明。

　　在我小时候……千叶的足球水平处于鼎盛时期。所以像叶山这种"运动健将"和户部这种"校园活跃分子"才会选择加入足球队吧。

　　社团也有等级之分，而足球社处于最顶层。这确实配得上叶山上等国民的身份……不过本人似乎并不在乎这些，可能只

是单纯地觉得足球适合自己吧。

叶山隼人酷爱足球。所以对他来说，所有与足球有关的事物，都是特别而重要的存在。连我和户冢能够轻松提起的那个名字，对叶山和其他球迷来说，都是不敢轻易触及的重要存在。对他们来说，那是一件只能悄悄藏在心里的珍宝。

也许，不管时光如何变迁，这份热爱都不会褪色，就像恋爱一样。但要这么说的话，那折本对我来说不也是……嗯……我只是觉得她吵，不想提及而已。

所以，我没有说出那个名字，而是故意换了个话题。

"今天的比赛对手是……岐阜吗？那是个怎样的球队？"

我连岐阜在哪都不知道。那个好像是名古屋县的殖民地？

"怎么说呢……算不上特别强吧……"

叶山说话总是这么委婉。

"他们没有升过一部，每年基本都在二部垫底，现在也是最后一名。他们踢球很有趣。不过前阵子换了教练，他们有点想走现实路线了。"

"很弱却很有趣，还有这种事？"

"或者说，他们的踢球方式比较理想吧……总之传球很多，很有足球的感觉。你看完就会明白我的意思了。"

"是吗？"

很有足球的感觉？

"难道还有谁踢球没有足球的感觉吗？"

"你吐槽起来……真的是不留情面。"

叶山露出一丝苦笑，但眼睛没有任何笑意。接着，他列举了一些"不像足球的踢球方式"。

"比如球员并排防守在球门前；抢到球后，一脚踢到对手的球门前；趁着快结束的时候再进攻。这种比赛看着会很无聊吧。"

"虽然这么做并不犯规。"

球员并排防守在球门前,这样对手怎么也进不了球吧?业余球员应该都想过这一招吧。

在一旁默默倾听的户冢边嚼着薯条边问道:"叶山,那千叶一般使用哪种战术?"

"高防线战术。"

"高防线?"

户冢没能理解这个词的意思,疑惑地将头偏向一侧。

哇……好可爱……

不过话说回来,什么是高防线战术?

"就是将防线保持在高于正常水平的战术,这样负责防守的球员也可以全力进攻。"

哦……

这战术听着非常中二,名字也很有 SF(科幻)巨匠的感觉。

"但这种战术推行的条件很复杂,风险也非常高。所以今年人们都称之为被封印的梦幻战术。开始的时候十分引人注目,得分也很快。可一旦被破解,就会变得十分艰难。"

"我不懂什么足球战术……"

我顿了顿,接着把内心的想法表达了出来。

"不过,如果在对手的球门前安排一个高点的队员,会不会更有利一些?就像篮球一样。"

"这个已经试过了……"

"试过了啊……"

户冢收起欣喜的表情,遗憾地说道。

"千叶足球队之前来了一个身高 2.04 米,是日本足球联盟史上最高的北欧球员,当时就把他安排在了球门前。"

身高超两米的北欧球员，光是听到都令人激动。我探出身子，好奇地问道："顺便问一下，当年千叶的排名是？"

"第六名。必须要进入前三名才能升部……"

叶山说，起初一切顺利，后来因为北欧球员受伤，这个战术也就失去了优势。

"要不坚持几年别换教练试试？"

"这个也试过……"

"这招也不行啊……"

户冢沮丧地垂下头。

一旦成绩不理想，千叶足球队就会立刻解雇教练。后来他们意识到这样不行，于是请来一位知名教练，连续合作了好几年。

"那后来排名怎么样了？"

"从第三名到第九名，再到后来到第十一名。"

"这是越来越差啊。"

"第三年中途换了教练……"

顺带一提，足球界有个说法是，解雇教练可以让球队成绩得到短暂提升。至于信不信，就看个人了。

不过，要是更换教练也没用的话……

"既然这样都没用，那不如把队员全换掉试试？"

"欸？八、八幡……这也太乱来了吧！足球是团队竞技哟！这样会破坏球队凝聚力的！"

"这招也试过……"

"也试过啊……"

户冢的表情不只是无奈，甚至透着一丝可怜。

不过说来也是，要是换人就能解决问题的话，那人员会不停变动吧？

"足球是一个需要十一个人合作的竞技项目吧？九人棒球

也是一样，团队合作非常重要。但这东西短时间内没办法提升吧？"

"这个强化部已经想到了对策。"

"哦？什么对策？"

"如果两名队员力量不相上下，那就选更爱千叶的那个。他们打算用这个方法减少队员磨合不足带来的影响。"

"用麦克斯咖啡洗把脸再来吧。"

要是光靠对千叶的爱就能打好比赛的话，JAGUAR 也能参加足球联赛了。加油！加油！千叶！

（译注：JAGUAR，本名村上牧彦，是千叶的音乐人、当地艺人兼实业家。）

我也已经束手无策，只得调侃似的说道："那要不调整一下饮食如何？"

"这个也已经……"

"试过了，对吧……"

又是相同的聊天走向，像是陷入了一个怪圈。户冢也不再像之前那么惊讶。

"那他们是怎么调整的？用面包代替米饭之类的吗？"

"全都换成了玄米。"

"这是打算跟筱田麻里子结婚吗？"

（译注：筱田麻里子是 AKB48 前成员，因"玄米"与素人男友相识并步入婚姻殿堂。）

她结婚前阵子还引起热议来着。竟然有人会因为玄米喜结良缘，素日喜食大米的人顿时充满了希望。我每天都要吃白米饭，不知道能不能跟爱吃白米饭的艺人结婚？不可能？好吧。

"那结果怎么样了？"

"对有些球员有效果，但因为排名没有多大变化，现在又恢复到原来的饮食了。"

"这样啊……不过也能理解。如果告诉我效果显著，我反倒会不敢相信。"

"唯一令人欣慰的是，队员转去其他俱乐部后，也开始推荐其他球员吃玄米饭。"

"这个只是被他们当作一个梗了吧?"

听说人称玄米法师的教练在第三年的第四场比赛后被解雇，最后只好又请刚降到二部时的教练重新接管球队。

这就是千叶这十年来的历程。

教练、一线工作人员、队员、饮食全都换了一遍，但成绩依然不理想。

"我一直在思考让千叶重振雄风的办法。但是……"

叶山咬着牙，懊恼地说道："结果又回到了原点……"

就像连接着内房线和外房线的苏我站一样，这个体育馆也被某种死循环支配着。

× × ×

开球的瞬间比想象中要平淡。

"嗯? 已经开始了吗?"

明明比赛前双方的粉丝激动得又蹦又跳，结果就这么草草开始了，只看见一个球突然"嗖"地飞了出去。

至于应援，显然是主场千叶这边更为激烈。岐阜那边有少数粉丝在卖力呐喊，但因为是排名靠后的乡下俱乐部，各方面都显得有些力不从心。至于赛场上的表现……只能说双方不分伯仲吧。

千叶虽然持球时间更长，但一直在传球，迟迟没有射门。岐阜则一直在球门前防守，以防止千叶进攻。是想等倒计时的时候出手吗？可球被抢断后，他们的反应也太迟钝了。

场上的双方就这样僵持了许久，如果是剑道倒还能理解，可足球比赛像这样拉扯的话，真就毫无乐趣可言。

亲眼见识到叶山口中的"不像足球的踢球方式"，我下意识地露出苦笑。

起初还激动地大喊着"哇""上啊"的户冢在中途也安静了不少，甚至开始关注起了背面看台上的球迷们的反应。

"球迷们好卖力啊。一直在那边喊……好厉害。"

如户冢所言，球迷确实厉害。但这样依然无法掩盖比赛枯燥无味的事实。双方不断地传着球，即便来到球门前，也迟迟不射门。

大约半小时后，周围那些安静看球的看客开始变得不耐烦，现场开始响起了咒骂、抱怨的声音。

"为什么啊？"

"不射门怎么能赢比赛呢！"

上半场结束的哨声响起，球员们纷纷退场，看台顿时传来此起彼伏的咒骂声。

× × ×

"看完上半场比赛……感觉如何？"

上半场结束的哨声刚吹响不久，叶山便凑上前欲言又止似的问道。

替补球员来到球场上，为后续比赛练习了起来。

"嗯……"

面对叶山的提问，户冢谨慎地在脑中组织起了语言。其实这就等于已经给出了答案吧。

我直言不讳地说道："说实话，无聊透顶。"

"八、八幡……"

户冢顿时慌了神。老实说，与其看比赛，还不如看户冢呢。慌张的户冢超可爱。

"我不喜欢有人边看比赛边抱怨。再加把劲？球员比观众更想努力好吧。让我们看到你的情绪？想看表达情绪的体育运动的话，不如去看花滑、体操好了。这就是我的看法。"

我一口气说完这番话后，稍微顿了顿，接着又说道："不过这场比赛完全不懂双方球队究竟想干什么，作为职业球员，完全不像是想拿奖牌的样子，不是吗？"

"嗯……你的评价十分中肯。"

我不过是个看比赛的，说这番话多少有些自以为是。但叶山却诚恳地接纳了我的观点。他想吐槽的肯定比我还多吧。即便如此，他还是在努力维护千叶的形象。

"千叶毕竟是主场，对手又是排名垫底的球队，要是输了面子上挂不住，队员难免会有压力。所以他们只能在有十足把握的情况下踢出决定性的一球。但太过犹豫不决的话，会错失很多进球的机会。"

"简直是恶性循环啊……"

户冢沮丧地说道。沮丧的户冢也超级可爱！能够看到这样的户冢，也算是上半场比赛的收获吧。

平时能看到这些我就已经很满足了……但今天，我希望还能看到为胜利激动喝彩的户冢。

"叶山，要如何才能打破这种僵局？"

"换下不会走位的队员，调整队形——这是最有效的方法。"

"这样啊。"

"上半场比赛虽然很枯燥，但至少千叶掌握了主导权。这时候很难抉择究竟要换下谁，而且现在也不一定是换人的最佳时机。就看教练能不能做出准确判断了……"

叶山的担心不无道理。

率先发起进攻的是在上半场处于弱势地位的岐阜。

"喂，不觉得岐阜下半场的反应变灵活了吗？"

"八幡说的没错！为什么？"

下半场开始的哨声刚响，千叶便迎来了危机。明明上半场打得不分上下……

全程坐着观战的叶山突然用平静且确信的语气回道："位置变了……"

"欸？"

"岐阜改变了战术。看，刚刚防守线上站着三个人，现在变成了四个，对吧？"

说来确实，岐阜有四名队员站在防守线上相互配合，恶作剧似的将球从千叶的前锋脚下抢走，然后把球迅速传给前线。此前一直横向移动的球终于向前挪动了一段距离。

"调整后卫……抓住机会灵活进攻吗？"

"可能他们觉得，后卫抢断是最佳进攻时机吧。"

"原来如此，意思是，防守是进攻的第一步吗？"

真是有趣的想法。如果是这样的话，也就能理解为什么双方在上半场迟迟没有进攻了。彼此都在提防对手的策略。

听完叶山的说明，户冢困扰地皱起眉头问道："但是……这样的话，那千叶要怎么办呢？"

"确实有点难办。"叶山抱着胳膊，若有所思地说，"我也不知道最优解是什么。但他们必须避免……"

下个瞬间，球场传来一阵尖锐的哨声。

"糟糕！刚想说……"

叶山站起来喊道。

岐阜的前锋趁千叶的后卫不注意冲到球门前，千叶的队员似乎犯规抢球。

"欸？刚刚发生了什么？哎……"

一心跟叶山聊天的户冢错过了这精彩的一幕，整个人一头雾水。

"欸？千叶犯规了？"

"嗯，千叶本想阻断对手得分……但后方队员撞到了岐阜的前锋。被罚牌很正常，就看是什么颜色的牌了。"

整个体育馆鸦雀无声，此前的喧闹景象像是从未存在过一般。看到裁判举出的牌后，现场顿时炸开了锅。

"一张红牌？"

"开什么玩笑，裁判！你的眼睛到底在看哪！"

此前一直安静观战的背面看台区的观众齐刷刷地站起来，用嘘声或吹口哨的方式表示抗议。

千叶的队员也围在裁判身旁表示抗议，教练也边指着主裁判手上的红牌，边朝旁边的副裁判咆哮。"喂！不带这样的吧！"旁边负责抬担架的户部也和教练一起向裁判表示抗议。你小子小心被赶下场哟。

但主裁判没有理会，丝毫没有要更改判定的意思。

"那是裁判的问题吗？"

"不是，红牌很正常。"

叶山的声音出奇地冷静。

"本来想说，他们必须避免违规……但在那种情况下，被罚牌也是无可奈何。如果不那么做的话，对手就得分了。"

"你这话说得好奇怪啊，违规倒成了正确做法？"

"这就是足球。违规有时候也是一种策略。你应该懂吧？"

"……"

说实话，今天的叶山跟往常截然不同，而我对足球的看法也有了很大的改变。

尽管熟悉规则，但有时候不得不用违规的方式来规避一些风险……跟我之前的做法如出一辙。

对此，我的内心五味杂陈。相反，户冢却一直在担心千叶。

"喂喂！罚牌了哟！红牌哟！接下来会怎么样啊？"

"这样就要罚一人退场，千叶这边就只有十个人了。"

"那这样岂不是很不利？"

"很不利。但这样的比赛才有趣，不是吗？"

"欸？"

户冢露出了不可思议的表情。

叶山的弦外之音很快在赛场上得到诠释。我继续关注着赛况。看着眼前展开的全新攻防战，我感慨道："没想到这场比赛还挺精彩。"

"因为减少一名队员后，全队都意识到自己处于不利地位。之前有部分人觉得自己处于有利地位，有部分则觉得双方暂时不分伯仲，所以一直没办法统一攻守切换的时机。但现在不存在这个问题了。"

"你的意思是，他们之前小瞧岐阜了？"

"你说话总是这么直接。"

叶山苦笑着肯定了我的观点。但是——

"有时候人数减少也有好处……"

"有意思吧？相比不团结的十一个人，显然是团结的十个人更强。"

千叶的高防线战术果然有问题

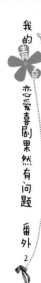

"嗯……很有意思。"

糟糕，我越来越喜欢足球了。

那片宽阔的绿茵场上仿佛在进行一场大规模实验，而场上的人就像西洋象棋的棋子。没错，棋子。如果是这样……那结局很明了。千叶虽然暂时气势大涨，但是……

"但是……这样没有胜算。"

"你说话总是一针见血。没错……这样是赢不了的。"

听到我和叶山的对话，户冢露出惊讶的表情。

"欸？为什么？"

"冷静分析会发现，现场对岐阜更有利。"

这只是一道单纯的算术题。

"千叶团结一致，实力变得更强了。那岐阜也可以团结起来。"

"怎么团结？"

"像那样大声喊话就行。"

我指着球场说道。

臂上缠着黄色队长标志的球员站在防守线上大声说着什么。态度轻浮、缺乏凝聚力的岐阜队再次变得严肃起来。千叶这边迟迟不敢进攻。

"比取谷说的没错。沟通不足的缺陷可以通过那种方式弥补，但队员减少的问题无法弥补。"

"可、可是，叶山！那这样该怎么办啊？"

"……"

叶山闭上眼睛，缄口不语，仿佛在深入思考着什么。

过了一会儿，他缓缓睁开眼睛，双眼闪动着异样的光芒。

"我觉得……他们应该再尝试一次高防线战术。"

"叶山。"

"不是吗？高防线战术可是理论上的最强战术！攻击才是最强的防御，小孩子都懂这个道理吧？"

叶山兴奋地扭过头，表情浮夸地对后座的孩子说："你也懂，对吧？"试图得到他的肯定。孩子被吓得不敢说话——这倒也正常。

"冷、冷静点呀，叶山！"

"就是，叶山！这一点也不像你！"

"不像我？你觉得你很懂我吗？"

叶山冷笑了一声，随即发表了一番豪言壮语。

"乱来又怎么样？不管被外界如何否定，都要不断地挑战，这不正是千叶引以为傲的品质吗？我们从奥西姆那继承的精神不就是这样的吗？"

（译注：伊维卡·奥西姆（Ivica Osim），1941 年 5 月 6 日–2022 年 5 月 1 日，波黑足球教练，前日本国家足球队主教练，波黑足球总顾问。）

这家伙刚刚提到奥西姆了……

叶山隼人什么都懂。不管是当球员还是做前线工作人员，他应该都能做得很好吧，只是他本人不肯承认。或许他可以带领千叶再次升部，叶山隼人完全有这个实力。

但他不想这么做。他明明可以担任主角……明明是这个角色的不二人选，可他却选择窝在体育馆的一角，当一个不起眼的群演。甚至连最基本的运营都不想插手。

正因如此，他才会如此狂热、如此急切。只有遇到单靠自己无法解决的事情时，他才会这般严肃。面对身边这样一个人……我甚至开始有些羡慕。

"不……不对。只有你这么想……"

趁叶山还没冷静下来，我毫不掩饰地发表了自己的观点。

"八幡⋯⋯"旁边的户冢担忧地看着这边。他的视线恰好落在我脸颊的位置,那种感觉,像是被他温柔地用手戳着脸颊一般⋯⋯

对他人抱有热切的期待。

全心全意地支持他人,却不求任何回报。

我甚至有点期待,今日这次看球赛的经历能够完全颠覆我此前总结出的人生哲理。

不,这不过是初次光顾体育馆的我所抱有的一种不切实际的幻想而已。我只能将其视为一种愿望,决不能妄想着化作现实。今天前来应援的观众亦是如此,若是支持的球队输掉比赛,他们必然会破口大骂吧。就如同聚集在涩谷十字路口的人群一样,不过是为了追求胜利的快感一味自嗨而已。他们不顾球员的感受,不负责任地在一旁高喊"必胜"。

就在我想着这些的时候。

"嗯?这首歌是⋯⋯"

千叶迎来最大危机,球迷选择的应援曲目十分热血,但节奏不算明快。

过了一会儿,耳边传来一段柔和的旋律。在来体育馆途中,我就已经听说过这首歌的名字。

"《奇异恩典》⋯⋯"

那不是战斗歌曲,而是祈福歌曲。旨在鼓励人们,不管脚下的路有多难,不管有多么煎熬,都要一起勇敢向前;不管现在身处何种境地,都要勇敢面对现实。

即便凭借实力和战术积累起来的实绩已经崩塌;即便已经不再有优势;即便因为降到二部,不再有雄厚的资金支持。

即便如此,有一样东西绝对不会消失。

那就是⋯⋯绝对无法忘怀的回忆与荣光。

众人齐唱着这首旋律柔和的歌曲，像是在告诉球员们，要怀着炽热的荣耀感继续战斗下去。

这一幕堪称奇迹。

除此之外，赛场上还诞生了另一个奇迹。

"八幡……看那里！八幡！"

"那、那是……喂，叶山！那是怎么回事？"

"防守线……变高了……"

看到这不可思议的一幕，叶山惊讶地睁大了眼睛，摇摇晃晃地站起来。其余观众也陆续站了起来。

为了亲眼见证球场上诞生的"奇迹"，我和户冢也连忙站了起来。

"八、八幡……这……这是……"

"嗯……这可能就是……高防线战术！"

绝对没错。

我目睹了一场奇迹。被封印的梦幻战术真实地呈现在眼前。

防御线如同一条白昼现身的巨龙，在视线前方不断上升。仿佛拥有了生命与思想一般。守门员也离开球门，跨越罚球区，来到中线附近的位置。

这也太靠前了吧。

守门员的背后是一片宽阔的草坪，那里空无一人。

"这……真的是在踢足球吗？"

户冢难以置信地看着眼前的光景，不安地捏着我的衣服说道。我也有些难以置信……

"WIN BY ALL（大获全胜）！WIN BY ALL（大获全胜）！"

应援队长拿着扩音器，在背面看台上大喊了几声。观众席顿时响起热烈的应援声，撼动了整个体育馆。我也是这一刻才知道，原来人的声音可以产生如此强大的震感。

球迷的声音撼动了整个空间。

也撼动了……我的心。

"这才是千叶！是我们的荣耀！"

"携手奋进！无所畏惧！"

周围的观众也兴奋了起来。他们站起来，将应援毛巾举到头顶，齐声合唱《奇异恩典》。

户冢也跟着唱起了这首新学的歌曲。

叶山边唱边流下了感动的泪水。

这首歌将化作力量，为千叶的选手插上飞翔的翅膀！

"好厉害！好厉害呀，八幡！球队的气场跟上半场截然不同！"

"是啊！千叶开始单方面碾压岐阜……"

这才是千叶的真正实力吗？

明明人数比对手要少……却踢出了一种比对手人数更多的气场。这些全都得益于球员的完美配合。

叶山讲解起了场上的战术。

"守门员加入传球的队伍后，就可以弥补人员不足的缺点。这就是高防线战术的厉害之处。"

"原来如此……所以守门员才走这么前啊。"

我一直以为守门员只能在球门前的区域走动，不用全场来回跑，还以为那是全队最轻松的位置。所以每次上足球课的时候，我都会主动要求当守门员……看到千叶队的守门员，我此前的认知被击得粉碎。

守门员往前走到罚球区后，由于不能用手，便只能用头来传球。遇到角球时，守门员还要冲到对手的球门前，靠自己完成射门，等于兼顾了前锋的位置，可谓场上最忙的球员。

我正盯着场上的守门员看得入迷，叶山饶有兴致地看了我一眼，说道："比赛前，你看到我带着守门员的球服，觉得有些难以理解，对吧?"

"哎呀，那是因为……"

"在现代足球中，最考验技术的绝对是守门员。正因为有那个守门员，千叶才能顺利使用高防线战术。"

看着守门员穿着不同颜色的球服、在球场上比任何人都要卖力奔跑的样子，我终于能理解叶山为什么会收藏守门员的球服了。如果要我选择收藏一套球服，我应该也会选择守门员的吧。

与此同时，岐阜的外国籍守门员正一边咆哮一边拼了命地扑救。但因为不能在禁区外用手接球，他守得十分艰难。千叶这边不断捡起弹飞的球进攻，反复如此。但目前还没有得分。

大约第二十次射门被弹飞的时候，户冢抱着头大喊："啊！都踢得这么好了，为什么就是不能得分呢?"

叶山低声说出了一件令人难以置信的事情。

"据说每当岐阜参加比赛，岐阜出生的魔术大师 Mr.Maric（马立克先生）就会隔空施法，让守门员超常发挥……"

用手施法吗?

"但我觉得，这些都是迷信！只要继续按这个节奏进攻，千叶肯定能赢。"

叶山笃定地说道。我和户冢也点点头。

距离比赛已经过去九十分钟，即便进入追加赛（现在好像叫加时赛），我们也坚信千叶会赢，并不断为他们呐喊助威。只要每个人发出一点声音，就一定能将粉丝的心情传达给他们。

千叶进球后，我激动地挥动着从叶山那借来的应援毛巾，内心有一股难以言喻的团结感。我不明白涩谷那群人为何喧哗，但我知道此刻大家为何送上热烈的掌声。

之后，千叶不断发起猛攻，反复朝对手的球门进击，足球

千叶的高防线战术果然有问题

被弹飞后又再次进攻，一直在岐阜的球门前来回传球！

对手实在无法忍受，于是踢出一记长传球。伴随一道彩虹般的抛物线，足球划过球场上空，越过来到中线附近的千叶守门员的头顶，飞进了球门内。岐阜拿下关键的得分。千叶输了。叶山像断线木偶一般，无力地瘫坐到椅子上。直到比赛结束，他也迟迟不肯起身。

防守弱爆了，高防线战术果然有问题。

义辉的野望·全国版

伊达康

插图：红绪

我叫材木座义辉。

时常有人把我叫成"木材座""材木屋"，等等，但其实我叫材木座。

更过分的是，有人看到我会说"叫什么来着，就是名字很像建材商店的那个"，我明明叫材木座。

顺带一提，我去查了一下星座，发现没有材木座这个东西。没办法，就算有，圣衣也是木头做的吧。一遇到火系技能，岂不是完蛋。

不过，我的名字容易被人记错也是有原因的。

因为我材木座义辉太孤傲了，就像一只脱离团体的孤狼。

我在教室里的时候，基本不跟同学交谈。可能看起来有点装模作样吧……这么说再贴切不过了。刚刚又装了……不算，前面的都不算。

可能因为我身为剑豪将军，散发的气场太凶猛，导致大多学生都会本能地畏惧我吧。这种气场叫"圆"，有点类似于念能力，方圆四米内的人都会受到波及。不知道那部漫画什么时候出新刊。

所以，没人敢靠近我，一点也不敢靠近，甚至还有人会偷

偷在背后说"那个建材商店早晚会倒闭吧"。

不过，这也是无可奈何的事情。

我是复苏于现世的剑豪将军，因为拥有太强大的力量，注定此生要背负不断战斗的命运。只要大家能过上安稳的日子就行。为了守护世界，我今夜也要奋力斩杀世间的各类魔物。我要继续努力攒金币，给自己买一个水镜之盾。

我过着如此热血沸腾的日常，自然要付出相应的代价。

上下学、休息时间、午餐时间……在学校的所有时间，我基本都是独来独往，所有事情都靠自己一人完成。其中最头疼的是体育课。说来意外，我这人非常容易出汗，汗腺比常人要发达许多，而且动一会儿就气喘吁吁。这是因为我要额外耗费体力去压制住右手散发出的气场。不过，这些倒没什么。体育课上要承受的不是体力上的折磨，而是精神上的煎熬。

"很好，各自找个关系好的同学组队吧。"

体育老师苛刻的指示对我来说简直是噩梦。不是我吹，这种时候我失败的概率高达百分之九十九，剩下百分之一是跟老师组队。嗯，这哪是吹，根本就是自虐。

我每次都期待也许今天会有人脑子抽筋过来跟我搭讪，但不巧的是，至今没有出现过这样的救世主。这世道真是艰辛。

"就不能改改这种万恶的规矩吗？"

大家接连找到队友，有些甚至跨班级组队，剩下我这个沉默的战斗者心凉地站在原地。我如同一团在黑暗中摇曳的焰火。就在我呆站着的时候，大部分同学已经陆续找到了搭档，只剩下本剑豪将军。

"嗯……还剩下十个人没组队啊。"

没错，真正的精神考验才刚刚开始。剩下的人都是旁人眼中的小丑，相当于在变相告诉大家"我没什么朋友"。这对青春期的男女来说，无疑是一种耻辱。所以这些人会焦虑地四处寻找搭档，再三妥协后，随意选一个人勉强组队。如同堕入恶鬼之道的亡者。可即便是这种时候，依然没有人来找我搭话，这究竟是为何？他们是害怕我吗？

"真是的，都是一群肤浅的家伙。就这么讨厌孤身一人吗？劝你们学一学平冢理论。"

你们这些家伙就没半点自尊心吗？

不对，正因为自尊心太强，才会打心底抵触孤独吧？甚至不惜出卖自己的内心。不管怎样，这时候就别指望能跟喜欢的家伙组队。如果一开始规定"按照编号顺序组队"，不就可以皆大欢喜了吗？

"而且这世间，不是谁都能跟喜欢的人在一起。所以，勉强类型作品才会小有人气吧。"

就在我愤愤地念叨着这些的时候，一个男生的身影映入眼帘。那家伙跟我一样，孤零零地站在那里。也不去寻找搭档，像个地缚灵一般，一动不动杵在原地。浑身散发着消极的气场。

"呵，原来是个顽固的孤僻男，真是可怜……"

他也是体育课"万恶习俗"的受害者。鲜少与亲友、对手、熟人交流的单身贵族。

"不，从他那磕碜的外表来看，顶多算单身平民。虽然跟本将军组队对他来说会很有压力，但这也是一种缘分。我就好心收了他吧。"

我有义务拯救迷途的羔羊。于是，我朝着他走去。

虽然很不情愿，但我不能放任弱者不管。让吾来当你的救世主吧。等着我哟！别跟其他人组队哟，不然我会哭的！对我慈悲一点吧！

义辉的野望·全国版

兴许是神明听到了我的祈愿，他依然孤零零地站在那里，甚至没有察觉到我在朝他靠近。

"……"

"……"

我在距离他大约两米远的位置停下。他讶异地看着我。那双浑浊的眼睛令我印象深刻，简直可以用死鱼眼来形容。就跟我昨晚吃的炖鲷鱼的眼睛一样。

"……"

"……"

我们像敌人一样对峙着，沉默的气氛持续了数秒。双方都没有讲话，他明明已经察觉到我靠近的理由，却还是站在原地一动不动。我都已经走到他身边了，他应该主动发起邀请吧！

"……"

"……"

我们继续瞪着彼此，时间又过去了三秒。这家伙依旧没有说话，我也一样。既然如此，那就看谁憋得久。

能跟我组队吗？双方都很抗拒说出这句话，好像谁先说出谁就输了一样。

"……"

"……"

我发现这样下去不是办法，于是决定要点小聪明。我悄悄挪动步子，缩短双方之间的距离，借此向对方施压。同时心中默念"卡巴迪，卡巴迪，卡巴迪"。但对方没有上钩，我每靠近一点，他便悄悄后退一点，一直与我保持固定的距离，犹如海市蜃楼一般。

（译注：卡巴迪（Kabaddi）是印度的一项格斗运动，两边各有七名队员。比赛时，运动员需要在一个呼吸过程里面连续

高喊:"卡巴迪!卡巴迪!卡巴迪!"通过攻入对方场地界线,尽可能多地接触对方防守队员且确保不被对方逮住。)

这家伙,有点本事……

竟然想跟我玩心理战,真是笑死人了。平民怎么可能是将军的对手。

于是,我清了清嗓子,警惕地朝四周扫视了一圈,对他说:"喂,大家都找到队友了,只剩下我们了哟!"借此向他发起精神攻击。

但对方也不是省油的灯。他缓缓蹲下,故意系起了鞋带。喂,这演技也太拙劣了吧。你鞋带又没松……这个孤僻男,就一点也不怕找不到搭档吗?如果是这样,那他的精神也太强大了。简直是资深孤僻男。万一他是玩卡巴迪的老手该怎么办?

不过我可是剑豪将军,怎能让人打破我的不败传说。既然如此,那就直接用眼神示意,对着他那双腐烂的眼睛。

……孤僻男啊,放弃无畏的抵抗吧,你没有时间了。

……你不也一样。

……说啊,说和我组队啊。现在可不是挑肥拣瘦的时候!

……都说了,你也一样。

……别逞强了!放过自己吧!你已经很努力了!

……怎么来了个这么烦人的家伙……

旁人看到肯定会纳闷,为什么那两个被剩下的家伙一直在那磨磨蹭蹭地不来上课?

其实我们刚刚在对话,大概。

就在这种如履薄冰的场面持续了大约五秒钟后,对决以意想不到的形式落下帷幕。

"那边两个,你们要磨蹭到什么时候?就你们两个组队吧。"

体育老师等得有些不耐烦，三言两语便结束了我们之间的较量。

可恶的体育老师！还不都怪你！现在又来打断别人的战斗，到底想干啥？既然这样，那干吗不早点来？

于是，我被迫跟这个死鱼眼孤僻男组队上起了体育课。他名叫比企谷八幡，是我后来的体育课固定搭档。

"今天我朋友请假了，我也是偶然、碰巧、刚好没有搭档。"

记忆中，我对他说的第一句话，就是这种虚张声势的辩解。我好歹是剑豪将军，怎能被一介平民小看。不，这家伙竟然不怕孤身一人，也许他是武士，而且是下级武士。

"嗯，无所谓，你也不用找借口。"

但对方只是不以为然地、满不在乎地回了这样一句极其失礼的话，脸上依然顶着一双腐烂的眼睛。跟我三天前吃的烤鲷鱼的眼睛一样。

老师要求我们组队做柔软体操，于是我们学着周围人的样子，极其敷衍地做起了拉伸运动。我先打开双腿坐下，由孤僻男推我的后背。

"你这家伙身板太硬了，根本推不动。"

"是肚子抵住了。别在意，体育不是战斗。我的专业是后者。"

"战斗的话，你这肚子也很碍事吧。"

口无遮拦的下级武士，我竟被怼得无言以对。过了一会儿，我们交换位置，换我推他的后背。

"还以为你是个有名的孤僻男。"

"算了吧，孤僻男有名岂不是噩梦。"

"那确实，我叫材木座义辉，是室町幕府第十三代将军足利义辉灵魂的继承者。"

"啊?"听完我的自我介绍,孤僻男用嫌弃的语气说,"足利义辉?好像在《信长的野望》里出现过吧。"

"啊,你知道吗?我就是他灵魂的继承者。"

"继承者?"

"没错。"

"是吗……我一开始就隐约觉得了,原来你真是那一挂的。"

做完拉伸运动后,孤僻男站起来,脸上隐约带着一丝苦笑。接着,他轻轻拍了拍我的肩膀。

"干、干吗?为何用这种看落水流浪狗般的眼神看着我?"

"有什么关系?你形容的一点没错啊。"

他用意味深长、仿佛早已看穿一切的眼神看着我。

"少来!别用你那双腐烂的眼睛怜悯地看着我。"

"'腐烂'这个词可以省了。"

这孤僻男竟对自己的将军搭档这般无理。我可是放下面子好心跟他组队!毕竟我跟谁组队都一样!不过……我还是要说一句,谢谢你跟我组队。

"我已经自报家门了,你也报上姓名来吧。"

"比企谷八幡。你记不住也无所谓。"

听到他不带丝毫感情的自我介绍,我立刻睁大了眼睛。

"是那个吗?是因为你马上要完蛋了,反正要被我打败,所以没必要被我记住吗?"

"你想多了……不过无所谓了。"

"话说回来,你叫八幡?八幡大菩萨可是被尊为武神的存在!库库库!原来如此!原来是这样啊!"

我低笑了几声,做出单手甩动风衣下摆的动作。过了一会

儿我才想起来，我今天穿的是体操服，风衣早就脱下来了。

"这样是怎样啊？"

"你是为了与我并肩作战才转生到这个世界的，对吧？"

"不，没这回事。"

"我竟把你当成平民，请接收我的道歉，是我有眼不识泰山。"

"你没说错，我就是平民。"

"我回想起了遥远过去的回忆。没错，当时陪在我身边的好像就是你。吾之爱刀，大般若长光……那就是你的前世吧！"

"我的前世好歹得是个人吧。"

"好了，我的搭档！让我们再次像曾经那样，一起携手统治天下吧！跟本剑豪将军一起！呼哈哈哈哈！"

我自顾自地大笑起来。八幡大菩萨用看蝼蚁般的眼神冷冷地看着我。

"确实有人称足利义辉为剑豪将军。你懂得借鉴史料，还不赖。"

"嗯？"

"但反过来说，这可以理解为，你在逃避自主创作。不过，借鉴史料确实是最轻松最便捷的方法。"

"咕咳咕咳！"

我突然猛地咳嗽起来。比企谷八幡继续说道："还有，足利义辉曾经用过的那把大般若长光现在被收藏在东京的博物馆里，怎么可能是我的前世？"

"噶咳噶咳！"

"再加上八幡大菩萨的设定，你不觉得乱套了吗？"

"咳哼咳哼！"

"这是什么奇奇怪怪的咳嗽声。"

明明是初次见面，他却毫不留情地吐槽我。我有点受伤了。

这家伙是怎么回事？到底有没有沟通能力？做人怎么能这么无礼？怎么能这样口无遮拦地指责别人？

"别、别见我默不作声就得寸进尺……"

"你也没有默不作声啊，刚刚不还发出怪叫声。"

"赶紧给我道歉！给我义辉道歉！也给那个义辉道歉！"

"麻烦死了！"

"唔！吃我一招！'雷神碎霸拳'！"

"啊，好痛！真的好痛！"

明明没有击中他，他却一个劲地喊痛，然后丢下我，大步向前走去。体育老师不知何时给出了集合的指示。后来，我们上起了排球课，直到下课铃响，我们都没有再说话。

下课后，他简短地向我道了声"再见"，然后快步朝教室走去。我只能五味杂陈地目送着他逐渐远去的背影。

"比企谷八幡吗……没想到这所总武高中竟然还有这样一个男生。"

我下意识地嘀咕道。因为上了一节排球课，我的声音有些干哑，体操服也被汗水浸湿了。

真是个奇怪的家伙，不过我们应该不会再见了吧。不，往后还会有体育课，我们应该还会再见的。

"那家伙，总是使唤我去捡球……"

这就是我与比企谷八幡初次见面时的情景。

几天后，班上再次迎来体育课。

"今天我朋友又请假，我又偶然、碰巧、刚好没有搭档。"

兴许是命运的恶作剧吧，我和比企谷八幡再次成为搭档。我像上次一样，悄悄挪到他身边。两人大眼瞪小眼，僵持了片刻后，在体育老师的催促下，乖乖组起了队。

"都说了，你不用找这种低劣的借口。"

"库库库，比企谷八幡……我和你果然有着命中注定的缘分。来帮我做柔软体操吧！我的后背就交给你了！"

我叉开腿坐到地上。比企谷八幡叹了口气，好像不耐烦地说了声"好烦"，但也可能是我的错觉。

"唔嗯，这种被从者细心伺候的感觉真好。你肯定也回想起了遥远的曾经吧，那段你为主人忠诚地奉上一切、殊死奋战的日子。"

"好了，换位置。该你伺候我了，从者。"

"唔咕。"

我恨不得立刻让他谢罪。但没办法，眼下还要协助他做完柔软体操。明明才见第二次面，这家伙真是一点也不懂人情世故。

后来，默默做完拉伸运动后，体育课开始了，今天又是学排球。

"我不太擅长打排球，要是不小心使出全力，可能会把地面砸个坑。把控力度实在太难了。"

"是吗？那真是不容易啊。"

"我也不擅长踢足球。要是不小心使出全力一踢，守门员可能会瞬间分解成无数原子。没办法，冲击力太大了。"

"加油吧，世界杯靠你了。"

"我也不擅长打网球，万一不小心触发材木座 ZONE（领域），一两头桦地都……"

（译注：桦地崇弘是漫画《网球王子》及其衍生作品中的角色，身形魁梧。）

"桦地是按头算的吗？"

观看其他同学比赛的时候，我和比企谷八幡有一搭没一搭地闲聊着。

我后知后觉地发现，这家伙从来不会主动搭话。即便我先找到话题，他也只是敷衍似的应付两句，但从来不会主动攀谈。

孤僻男都这样吗？突然有点担心他的未来，虽然这事跟我无关。这家伙散发的生人勿进气场远在我之上啊。

"你一直都是这个样子吗？这样应该很难生存吧？"

"还好，至今为止遇到最难应付的也只有你。"

"嗯？你为什么这么针对我？是想故意打压自己在意的将军吗？没事，把你的理由说来听听。"

"理由就是，你的说话方式让人火大。"

"唔嗯？"

"中二病也要有个度吧？"

"唔哼哼。"

虽然刚认识不久，但我对比企谷八幡这个家伙又有了新的了解……他是得了高二病吧？

他说我是中二病。中二病是指对漫画、动画或游戏里的能力充满向往，并表现得像拥有这种能力的行为。而高二病主要指脱离中二病后，变得比常人更追求现实的状态。这类人通常对过去中二病的自己感到厌恶，会用高高在上的眼神看待身边的中二病。

如果是这样的话，那他也太愚蠢了。他现在不也是孤僻男吗，跟我有什么区别？不过是一直得同一种病和中途得了另一种病的区别！而且我真的是剑豪将军啊！

"库库库，比企谷八幡……我摸清你的底细了。你以为这样就能征服天下吗？不退缩！不讨好！不反省！这就是将军！"

"这不是将军，是圣帝吧……"

孤僻男不耐烦地反驳道。所以你活该是孤僻男！

"说多少遍都一样！将军是不会退缩的！"

"是别人看到你会退缩吧。"

"不讨好！"

"讨好也没用啊，反倒让人觉得恶心。"

"不反省！"

"拜托了，还是反省一下吧，真的。"

"你、你这笨蛋弟子！"

高二病患者又发表了一连串的无礼言论。就在我用足以让对方石化的气势瞪着他的时候，一个排球直接击中我的脑袋侧面，我差点以为头要被砸开了。

"太过分了！"

耳边传来某人的道歉声，我整个人四仰八叉地倒在地上。我这充满悔恨的一生。

看来是同学比赛的时候用力过猛，不小心把球打飞了。这个没人性的家伙，竟然若无其事地回去比赛了！

脸上传来一阵火辣辣的痛感，我就这样呆呆地看着天空。

"喂，还活着吗？"

比企谷八幡走过来看了看，用树枝戳了戳我。混蛋，竟然把天下无双的剑豪将军当大粪一样看待。

"呼，大意了……我现在什么也看不到……包括你的脸……"

"是因为眼镜被打飞了吧？"

"我现在连站都站不起来了……"

"是因为肚子太大了吧？"

"我连头都抬不起来了……咦？真的抬不起来了。"

"啊，不小心踩到了你后面的头发，谁让你留这么长头发，还扎个辫子。"

"你小子是在故意找我麻烦吗？"

我撑起上半身怒吼道。谁知那家伙没有理会我，快步朝着体育老师那边走去。聊了大约十秒钟后，他再次回到我身边，意外地朝我伸出手。

"来，能站起来吗？老师说你可以去保健室。"

"原……原来你这么关心我。哈哈哈！没想到你是用这种方式表达关心的。虽然一点也不可爱，不过我原谅你了。"

"多亏了你，我可以有理由翘课了。"

绝对饶不了你……

后来，比企谷八幡搀扶着我离开了操场。一进入教学楼，他便松开我的手，自顾自地说："你自己可以走吧？不行也得自己想办法。"

这家伙不只是眼睛，连本性也腐烂了。要是让他玩格斗游戏，他绝对会毫不留情地对新手使用绝杀技能。但与此同时，我也逐渐对比企谷八幡这个人感兴趣起来。

剑豪将军的直觉告诉我，他跟我是同类。他理解我说的梗，说明他跟我是一类人。他知道圣帝、玩过《信长的野望》，甚至知道桦地，这就是最好的佐证。

如果这家伙真有高二病，那说明他曾经很可能是中二病。很可能是一个整天沉浸在次文化里的宅男。

有没有办法让他回到那时的状态？

能不能变回那个纯真无邪，为该娶比安卡还是芙罗拉而烦恼三天三夜的你？

（译注：比安卡和芙罗拉均为日本角色扮演游戏《勇者斗恶龙5》中的登场角色。）

若能实现，或许我们可以变成名为"朋友"的关系。到时说不定他会变得很黏我，在体育课以外的时间也会主动与我闲聊。俗话说，不入虎穴焉得虎子。我虽然不喜欢别人粘着我，

但在学校有个可以分享新番女主魅力的好友，也算不错吧。我倒还挺希望有这样一个人的。

为此，我需要先偷偷观察他一段时间……我站在通往保健室的走廊上，暗下决心。

我无意间瞥了一眼旁边的窗户，玻璃上倒映着我的身影，脸上还残留着排球的痕迹。

几天后，又到了上体育课的时间。

体育老师一发出"组队练习"的命令，我便快速挪到比企谷八幡身边。那家伙慌忙朝四周张望，试图寻找新的搭档，但为时已晚。他还是没能逃出我的手掌心。

"库库库，真是巧啊，比企谷八幡。今天我朋友又又又请假了。"

"你朋友怕是要请假到毕业吧。"

比企谷八幡无奈地长叹了口气，朝我抬了抬下巴，示意我又开腿坐下。

我决定利用短暂的拉伸时间，借机打探对手的情况。先摸清一下这家伙究竟看了多少漫画、精通多少游戏吧……这个至关重要。

"那个，八幡啊！"

我不假思索地叫出了他的名字，但这家伙没有理会我。唔，是我太心急了吗？

"听到雷这个名字时，你会想起谁？是南斗里的人，'EVA（《新世纪福音战士》）'里的人，还是火星人？"

"阿姆罗·雷吧。"

（译注：阿姆罗·雷是"高达"系列作品当中由初代高达开始登场的人物。）

"那听到凛这个名字时，你会想起谁？星空凛，涩谷凛，还是远坂凛？"

（译注：星空凛是日本二次元偶像计划"LoveLive!"及其衍生作品中的主要角色之一；涩谷凛是游戏《偶像大师：灰姑娘女孩》及其衍生作品中的角色；远坂凛是日本文字冒险游戏《Fate/stay night（命运之夜）》及其衍生作品中的角色。）

"当然是栗凛。"

（译注：栗凛（也译作克林、库林）是鸟山明的漫画《龙珠》中的登场角色。）

"那听到桦地这个名字时，你会想起谁？网球手，冰帝学园的学生，还是能复制技能的？"

"这不都是指同一个桦地吗？"

那家伙瞪着我，逐个回答了我的问题。拜此所赐，我们的对话也逐渐深入。

"今后肯定还是'电击'的天下。"

"我倒觉得，总有一天是'GAGAGA'的天下。"

"是吗？你觉得轻小说有希望？那你列举三个你比较关注的画师。顺带一提，我……"

"赶紧的，要集合了。"

没等我把话说完，八幡二话不说转身离开。

这家伙的防范意识极强。至少要让我知道他喜欢什么作品，这样我才好有条不紊地实行后续的计划。不过，起码知道他喜欢"GAGAGA"，也算有所收获吧。

没关系，体育课才刚开始，我有的是时间……本以为如此，但我又遇到了一个难题。今天要练习的不是排球，而是田径，还是马拉松。

不是我矫情，我不擅长长跑，也不擅长短跑。可以的话，

我连路都不想走。但凡遇到超过五层的阶梯，我都会很有压力。

可恶的体育老师，竟然妨碍我的计划！马拉松不用组队，这样我就失去了搭话的机会！这家伙绝对会丢下我不管的！

果不其然，八幡丢下我自己跑了。起初我们还能并肩前行，但慢慢地，我开始跟不上队伍。于是我对他说："别管我，你先走吧！绝对不要回头！"结果这家伙头也不回地跑了。

真是个薄情的家伙。就算有以你为主人公的轻小说作品，也绝对火不起来！根本不可能成为"GAGAGA"的招牌作品。

我在心底愤愤地念叨着。就在我打算放弃今天的八幡研究计划时，那家伙一度消失的背影突然又出现在了前方。他的速度好像下降了不少。很好，这点距离应该能追赶上！义辉涡轮，限制解除！

我按着摇晃的腹部，费劲全力才跑到八幡身边。那家伙只是瞥了我一眼，并没有说什么。薄情的家伙。

"噗咿，怎么了八幡？噗咿，不是说了别管我，你先走吗？呼啊——"

"谁要拼命跑马拉松啊！"

"噗咿，这样啊！噗咿，那我们就一起跑吧。噗咿！"

"你干吗一直发出那种奇怪的声音？"

"别在意，这是义辉涡轮的副作用。噗咿咿！"

"你比平时还要恶心。"

我拖着千代富士般的身躯，体力已经到达极限。但我没有放弃，继续设法做起了八幡调查。为了弄清他的兴趣爱好，这次我聊起了美少女游戏。期间义辉涡轮的副作用一直困扰着我。噗咿。

（译注：千代富士（1955年-2016年）是日本前相扑力士，第五十八代横纲。）

"所以，最后我成功打通了女主角的游戏线。在毕业典礼上，她向我表白了。"

"干脆你跟她一起毕业算了，还玩美少女游戏！"

"你不玩这种类型的游戏吗？可你好像对里面几款热门游戏了解得很清楚啊。"

"因为某天我意识到了，游戏主人公并不是我。"

"噗咿？"

"提升了游戏角色的学力值、体力值和魅力值又能怎样？我的属性值又不会提升。而且女主喜欢的不是我，而是游戏角色。"

"噗咿咿？"

"别用这种怪声回应我。"

我和八幡慢腾腾地跑着，身边不断有同学穿过。我俩现在的速度几乎等同于快走。

"现实怎么可能有游戏里那样温柔的女生。不，游戏里的女生也一样啊。向你表白的女主角肯定也会向其他玩家表白吧？"

"你、你小子！快向所有美少女游戏的女主角道歉！首先向藤崎诗织郑重地道歉！"

（译注：藤崎诗织是游戏《心跳回忆》及其衍生作品中的角色。）

"那你跟她说你在传说之树下面等她试试。"

"我可没妄想过要跟她永结良缘。"

"再说了，人家为什么要向你表白啊，这对女主角来说不是一种惩罚吗？"

"休想贬低本将军！唔努！吃我一招，'无敌神罚·灾灭掌击'！"

"都说了，能不能控制一下你身上的中二病。"

八幡用他那双依然浑浊的眼睛再次看了我一眼，这或许是他第一次看着我的脸说话。

"材木座，你的人生和角色设定能不能统一一下？"

"噗咿？"

丢下这句话后，八幡加快速度向前跑去。

很遗憾，我已经无力追赶。我的义辉涡轮已经到达极限，没办法继续运转。

"统一人生和角色设定？"

我边看着他逐渐远去的背影边，低声重复着这句话。他的身影很快消失在视野中。不是因为他隐没了马拉松大军中，而是因为我的眼镜热得起雾了。

后来，每当有体育课，我都会和八幡组队。不过，我们的关系并没有变好。那家伙依然态度敷衍，一旦找到机会，就会对我重拳出击。他甚至扬言要花两百日元换组。

通过之前对八幡的调查，我发现他比我预想中要更了解漫画、动画和轻小说。而且他尤其喜欢 GAGAGA 文库。后来我还得知，他的国语成绩在年级排第三。我着实被吓了一跳，看来多读 GAGAGA 文库能提高国语成绩。

"八幡啊，我知道有些事情跟你说了也没用。"

某天，我们有幸再次上起了排球课。我边看比赛边对旁边的八幡说道。那家伙连看都没看我，只是语气生硬地敷衍了我几句。

"前几天，有个陌生女性在车站前递给我礼物。那可能是我前世的妻子。没想到我们竟能跨越漫长的时光再次邂逅……"

"人家只是在派发纸巾吧。"

"你怎么知道的?"

"你就继续编吧。"

"还发生过这样的事情。有一天,某个陌生女性在车站前对我说'希望你幸福',那肯定是我前世的妻子……"

"一点也不搞笑。"

"那这个呢。前几天,生活指导平冢老师对我说'你也是问题学生之一',她应该就是我前世的妻子……"

"不可能!就算是前世,那个人也嫁不出去。"

"你小子,小心没命。"

这时,轮到我们上场比赛,我们只好暂时中断了谈话。

本打算应付比赛后,继续打探八幡的底细……谁知我的计划意外落空。

不知为何,对手组十分较真。在对方的挑衅下,我方阵营也开始动起了真格。

"好,这次绝对要赢!"

"来吧,要拿出真本事了!"

"跟马拉松相比,这简直是天堂!"

大家你一言我一语,比赛逐渐进入白热化阶段。这样下去,我也不得不拿出真本事了。要是偷懒,屁股可能会被踹开花。而且这会有损将军的声誉。

"噗咿,噗咿!"

我每次跳起来防守的时候,肚子上的肉都会剧烈抖动。可惜自己不是美少女,我从没有像今天这样遗憾过。

比赛期间,我方发出的球直接命中我的后脑勺。发球的人是八幡。

等比赛结束,我也已经筋疲力尽。刚走出球场,整个人便瘫倒在地上，像鲤鱼一样不断张口喘气。叛徒孤僻男走过来瞅了我一眼。

"哎呀，抱歉抱歉，刚刚手滑了。"

"你、你小子……绝对饶不了你……噗咿!"

"真是遗憾，本想着打重点的话，可以陪你去保健室呢。"

我恨不得立刻把他一顿，奈何体力不允许。算了，以强欺弱是世间常态。我还是大人不记小人过吧。这次算他欠我的。但我还是好想哭，我可是将军啊。

几分钟后，我勉强从地上爬起来，对八幡说道："八幡，你以前说过，对吧?"

"说什么?"

"让我统一人生和角色设定。"

"哦，那个啊。你说你是继承了足利义辉灵魂的剑豪将军，对吧?"

"正是如此。"

"但现实的你，却是孤僻的中二病材木座义辉，对吧?"

竟然被这家伙说孤僻，这比听到其他人说这句话还要火大三倍。就跟被红心大人说"快减肥吧，秃子"一样让人火大。

（译注：红心大人是动作游戏《北斗神拳》中 KING 军团的干部之一，身形肥胖，厚重的脂肪可以化解外界冲击）

"我只是觉得，现实和理想的自己最好还是要有点联系。不用在意，我没别的意思。"

"现实和理想的自己……"

确实，我明明自称天下无敌的剑豪将军，却被区区排球和马拉松搞得气喘吁吁。而且每天玩美少女游戏玩到深夜，还喜欢去女仆茶餐厅。

足利义辉看到怕是要叹气吧。说不定还会恨得咬牙切齿，

就跟被三好长庆逼到京都时一样。但我又能怎么办？

我剑豪将军·材木座义辉的人设已经无法改变。不，这不是人设，我真的是剑豪将军。

我以"时刻保持临战状态"为人生信条。既然如此，那我应该锻炼出钢铁般的身躯。可现实的我这般臃肿……好恨懒惰的自己，那个满身肥肉的自己。

我深陷错综的思维迷宫，久久没有说话。直到下课之前，我都没有跟八幡搭话。等回过神来时，那家伙已经不见踪影。我竟然思考问题到了忘我的境界，真是失策。

周围还站着其他同学，但都是一些陌生的面孔。后来我才发现，他们是下一堂课的学生。看来不只是体育课结束了，连课间休息的时间也快要结束了。

"至少要提醒我一声啊！那个薄情的孤僻男！"

我使出最后一丝力气，朝着教学楼跑去。

自从比企谷八幡给出那番不明所以的劝告，我时常陷入恍惚的思考状态。不知为何，那家伙的话始终在我的脑海中挥之不去。

统一人生与角色设定。到底是什么意思？

现实的我与剑豪将军的设定相差甚远……这点我很清楚。毕竟我从没有握过日本刀，就跟没握过球拍的桦地一样。当然，我也从未对战过邪恶的敌人，只在游戏里体验过。就相当于只玩过马里〇网球游戏，从没有实战经验的桦地。

我要继续沉浸在这种平和的日常里吗？放弃使用持有的十二件神器，就这样默默无闻地待在总武高中吗？

想到这里，一股难以言喻的焦躁感袭上心头，屁股刺痒难耐。

后来，我依然会在每次的体育课上与八幡组队，但聊天的次数明显减少。除非我主动搭话，否则我们之间基本不会有任何交流。但那家伙丝毫不在意，真是个无情的孤僻男。

"我剑豪将军在这个现实世界还能做什么……"

即便在教室里，我也时常抱着胳膊，默默思考这个问题。想必有不少女同学被我忧郁的侧脸迷倒了吧，但没有人前来表白。看样子是打算等到毕业典礼再行动。

某天，我心事重重地来到体育课上，像往常一样和八幡搭档，按部就班地做起了柔软体操。往常我们一般会趁此机会闲聊，今天也随便聊点什么吧。

"八幡，你听说过一家叫'蓬莱轩'的拉面店吗？是一家卖新泻拉面的店，面汤口感清爽，非常好吃。"

"是吗？下次去尝尝。"

见我主动搭话，八幡随意地回应了两句。但他绝对不会说"那我们下次一起去吃吧"这种话。当然，我也没期待过。也许将来会有那么一天，但至少我们现在还不是朋友。

为避免体育课落单，被迫组成搭档……我和八幡不过是这种各取所需的关系而已。

"八幡啊，现实这东西……实在太无趣了。"

趁八幡为我推后背的时候，我叹着气抱怨道。

"啊？干吗突然说这种话？"

"在如今这个时代，或许根本没有剑豪将军出场的机会。得知本将军转世，没有哪个家伙敢冒死前来取我性命……从古至今都没有。"

"那是当然了。"

"我期待的校园生活不是这样的。就没有那种一开始很高傲，接触多了之后，逐渐变得笨拙、黏人的美少女嘛。"

"那种传说中的神兽，怎么可能有。"

义辉的野望·全国版

"就没有那种一开始好感度就很高的女孩子嘛。"

"这可是有形文化遗产，怎么可能有。"

"就没有那种长得很可爱的男生嘛。"

"你都在瞎说些什么。"

比企谷八幡用像看鞋底沾着的口香糖般的眼神瞥了我一眼，仿佛在对我说"快滚吧"。不过，这招对我可没用，我早就产生了抗体。

我本打算找他商谈一下近来的烦恼，想想还是放弃了。他也说过没有别的意思，也许连他自己都没有想好答案。最重要的是，放低姿态向这家伙请教，有损我剑豪将军的威严。

我生性孤傲，一直以来都是如此。虽同样是独来独往的性格，但我可不会低声下气地向他人乞怜……就在我暗自嘀咕着这些的时候……

"材木座，你的妄想癖要是能放在有用的事情上就好了。"

八幡若无其事地嘀咕了一句。我顿时恍然大悟。

没错，这正是来自大菩萨的启示。

"八幡啊……你刚刚说了什么？"

"欸？啊，说下次去那家拉面店尝尝？"

"这都多久之前的对话了。我是指刚刚，你刚刚说了什么？"

"啊，说这世间没有黏人的美少女？"

"不是啊！就刚刚说的那句！"

"哦，排斥你的那句？"

"你没说吧！你只是用那种眼神看了我一眼而已！"

算了，不问这个腐烂的孤僻男了。其实不必确认，那句话早就印在了我的脑海里。

"这样啊……原来是这样啊……"

"嗯?"

"原来是这样啊，八幡!"

"怎样啊?"

"原来是这个意思啊，八幡!"

"能不能听人讲话?"

"这样啊，原来是!"

"这算哪门子倒装句。"

我无视八幡的吐槽，从地上站起来，大笑了几声。此时的我有种迷雾消散、豁然开朗的感觉。

"哈哈哈哈! 我觉得你适合去为别人解决烦恼。"

"莫名其妙……"

"我知道自己该走哪条路了! 你的话语! 你那无用的现实视角! 你喜欢 GAGAGA 文库的设定! 这一切为我带来了一丝光明!"

无视一脸惊愕的八幡，我飒爽地转身，朝教学楼走去。

不能再等了。既然想到了办法，就必须要立马付诸行动!

找到了，我找到了! 我找到了剑豪将军在现代统治天下的办法，以及统一理想和现实的手段!

"库库库! 我的眼前已经浮现出众人在我材木座义辉面前俯首称臣的样子。"

我迈着自信的步伐，英姿飒爽地离开了操场。

但几秒后，我的衣领被体育老师揪住。因为公然逃课，我受到了前所未有的惩罚。

可恶的体育老师，竟然把本剑豪将军虐得掉眼泪。竟然当众罚我一个人跑马拉松。我向八幡投去求救的眼神，那家伙的眼神里却清楚地写着两个字: 滚开。

自那以后，我变得不再迷茫。

……材木座，统一自己的人生和角色设定吧——

比企谷八幡曾经那番话语令我倍感困惑，如今我终于找到了明确的答案。

"我早该想到啊！我要立志成为……轻小说作家。"

不是我吹，在妄想方面我还是很有自信的。

上学放学、休息时间、午餐时间……哪怕是上课、睡觉期间，我的脑中都在无休止地幻想，再也无暇干其他事情。

接下来等待我的会是怎样的战斗？

敌人是何方神圣？他们究竟有何目的？

到时我该如何应对？

会有一群怎样的美少女为了我争风吃醋呢？

到时我和她们会无意间产生怎样的接触呢？

这样的接触会是什么时候，在何种地方呢？

一场激烈的战斗过后，会有怎样的事态等着我呢？

我似乎有点过于期待与美少女无意间的接触，但这正是轻小说作家的有力武器，或者说是必备技能。

"我脑中有无数完结的故事大纲……如果我当个小说作家，把这些故事全部写出来，那岂不是人生赢家？"

这就是把理想和现实的自己融为一体的最好办法。如果当上轻小说作家，即便我顶着剑豪将军的身份生活，也不会有人觉得奇怪。毕竟轻小说作家都是些奇怪的家伙。

说实话，我也不是没有考虑过这条道路。上小学的时候，我的梦想是成为漫画家。但很快我意识到自己的绘画能力有限。上初中的时候，我的梦想是成为小说家，但从没有正式动笔，每天沉浸在人物设定里。即便心血来潮地拿起笔，也很快会犯懒、犯困、打退堂鼓，没写几页便放弃。

说到底，我还是不够有决心。没有真正地想"创作一个故事"。

八幡之前也吐槽说，我是在逃避自主创作……也许，他说的没错。我总是在得过且过。虽然这也是没办法的事情，虽然剑豪将军就是这种设定。

但是，轻小说必须要靠原创故事决一胜负，若是四处搬运，足利义辉也会勃然大怒吧？就跟被松永久秀等人攻陷时一样愤怒。

"写起来吧！让大家看看那场惊天动地的异能力大战！创作一本有美少女的轻小说！"

于是，我开始潜心写作，任由思绪在幻想的世界肆意徜徉。

故事发生在现代，地点是日本某个地方城市。那里有一个跋扈的秘密组织和一群异能力者。主角觉醒了暗藏的能力，勇敢地与之抗衡……故事的基本框架就是这样。

"好，一定可以的！怎么感觉有点熟悉，是错觉吗？可能因为太经典了吧。"

最近这一星期，我几乎每天都在琢磨小说的故事走向，无暇再思考其他事情。顶多只想了一下获奖感言。

意外的是，我的写作之路非常顺利，仿佛有耗不完的灵感。不仅如此，每当拿起笔，我都会变得异常兴奋。这就叫才思泉涌吗？看来我很有这方面的才能，说不定能拿个芥川奖？

"有趣……太有趣了！写小说真是颇有乐趣！"

写小说能乐在其中，这表示我很有当作家的潜质吧。后来我在网上查了一下，"颇有乐趣"其实就是"很有趣"的意思。在成为职业作家之前，我得严谨点。

自从开始写作后，我每天都过得很充实。就连上体育课的时候，我都在一门心思地构思故事情节。所以，我几乎没怎么和八幡聊天。抱歉啊，搭档。

义辉的野望·全国版

但八幡似乎并不在意，神情也十分淡然。后来我才得知，他那段时间被迫加入了一个名叫"侍奉社"的社团。

然后，没过多久，我的小说终于完工。那种成就感无法用言语来形容。

"这是何等出色的作品……初次执笔竟能写出此等杰作！"

能写出这般优秀的作品，我简直是天才。原来我不仅是剑豪将军，还是文豪将军。这可是我呕心沥血创作而成的超自信巨作。我很想立刻把原稿送去应征"新人奖"，但我还是抑制住了内心的这股冲动。先等等，等等吧，巨匠材木座义辉。凡事不能操之过急。

先找个人读读自己的作品吧。网上找肯定不行，那些家伙说话从不留情。虽然我很有自信，但这毕竟是我第一次给别人看自己的作品。最好先找个品性温和、不会乱来的家伙读一遍。

"一般都会找身边的朋友吧。"

可问题是，我没有朋友。没想到我孤狼的属性在此刻变成了灾难。这该如何是好？干脆去拜托那个在车站给我纸巾的前世妻子，还是那个为我祈福的前世妻子……这件事持续困扰了我数日。

"等一下，材木座，那个是小说原稿吗？"

某天午休期间，我来到走廊上，打算安静地阅读自己的作品。突然，有人从背后叫住了我。

是生活指导老师平冢静，我前世的第三任妻子。不，这人不可能是我妻子。我可不想成为家庭暴力的受害者，这有损将军的颜面。

"啊，那个，这个……"

见平冢老师饶有兴致地盯着我手里的原稿，我吓得结巴起来。就跟家暴受害者的反应一样。

"哟，原来你还有这爱好啊。其实我上学的时候也试着写过小说。虽然我绝对不会拿出来给别人看。"

多半讲的是虐待狂主人公到处欺压弱者的故事吧。

但意外的是，她看我的眼神十分温柔。还以为她会朝我大吼"有时间写小说，不如多花点精力好好学习"，然后教训我一顿。还好保住了小命。

"那你给谁看过吗？"

"没，说到这个……"

后来，我把事情一五一十地告诉了平冢老师。得知我在找人帮忙试读小说后，平冢老师若有所思地点点头。

"好，我命令你，去侍奉社吧！"

"侍奉社？"

"那里有一个跟你同病相怜的人。他就是二年级 F 班的比企谷……"

我也是那时候才知道我搭档隶属于哪个社团。经过细问才得知，那是一个专为学生解决烦恼的社团，而且八幡还是其中一员。这就是缘分吧。

看来只能去一趟了。

他确实是试读小说的理想人选，毕竟这条路是他指出的。仔细想想，也许我内心的某个角落一直在期待着这一刻。期待看到他大受震撼的样子，期待他今后对我尊敬有加。

好，那就去一趟！我的时代来了！仅此而已！

事不宜迟，一放学我便朝着侍奉社所在的特别栋走去。不过，我到的时间似乎有点早，教室里空无一人。没办法，先等等吧。

既然是社团，那应该不止八幡一个人。莫非还有女生？读

完我的作品，她会不会被我迷倒？哎呀，真是头疼。

突然，门"吱呀"一声被推开。进来的是那位熟悉的死鱼眼搭档。

下个瞬间，一阵狂风透过窗户涌入室内，将我的原稿掀飞到空中。如同从魔术师的礼帽中变出的几只白鸽一般。

"库库库，没想到会在这种地方遇到你。等你很久了，比企谷八幡。"

在徐徐飘落的白色纸张中，我抱着胳膊，露出无畏的笑容。将剑豪将军的威严展现得淋漓尽致。

比企谷八幡啊，等着被震撼吧。我要让你见识一下我所描绘的世界，让你看看什么叫轻小说！呼哈哈哈哈哈！咕啦哈哈哈巴巴巴巴！

就这样，我成功统治了天下。

读完我的小说，侍奉社的成员们感动得热泪盈眶，争相向我索要签名，并一致称赞我是"天才"。毕业后，我君临轻小说作家的顶点，有十本著作成功动画化——

"喂，材木座。你这是在做什么？"

背后冷不丁地传来说话声，打断了我的创作。

说话者正是比企谷八幡，我的从者、爱刀兼搭档。

"别打断我，八幡。我正在整理回忆录，以便发表自传的时候要用。"

"那你别在侍奉社整理啊。"

说着，八幡拿起我的原稿，粗略翻阅了几页后，用看脏东西似的眼神看向我。那眼神仿佛已经经过了消毒。

"捏造得太离谱了吧，跟你邂逅是这样的吗？"

"故事都会有虚构成分啊！"

"而且这都写的什么，大家恶狠狠地……"

"别说了！后面的不能说！不许说了！"

"你因为太受打击，昏了过去……"

"闭嘴！将军绝不会反省！也绝不往回看！"

"那就别写什么回忆录啊！"

我叫材木座义辉，是举世无双的剑豪将军。我的理想是成为轻小说作家，目前正在广征好友。

🖋 比企谷八幡的考前指导竟然奏效了

田中罗密欧

插图：户部淑

考试将近。

当然，说的不是我，而是小町。

虽然我也有高考等着我，但我毕竟才高二，而且现在才十月，完全没必要焦虑。加上我平时会上补习班，成绩还算稳定。高考根本不足为惧。不过话说回来，考试本就充满了不确定性，说没有一点紧张肯定是骗人的。

不过我相信，等升到高三，我自有办法应对！所以，我每天都过得很懒散，至少现在没必要那么紧张。未来的我，今后就拜托你咯。

但小町今年初三，即将要参加升学考试。眼下她比我要紧张得多。

"……"

此时的小町正呆呆地望着庭院，脸上顶着一双腐烂的死鱼眼。这令我倍感震惊。死鱼眼不是我的专利吗？这东西都能遗传？难道我们的祖先是鱼？原来如此，难怪每次拍集体照我都顶着一双死鱼眼，谜题全部解开了！

不能再让这种劣质基因延续下去了。为此，我必须阻止小町结婚生子。毕竟，我们家有希望结婚生子的只有小町。一旦小町身边出现有想法的异性，我都会想尽办法刁难他，让他知难而退。我家那位女儿奴父亲应该会全力协助我的。

可我家那巴掌大的院子到底有什么好看的？就在我感到疑惑的时候，小町嘀咕道："小蚂蚁们，要好好生活哟……"

看样子她正在观察蚂蚁，借此让自己的内心获得片刻安宁。

作为应考生，看来你压力真的很大。哥哥也经常靠观察身边那群蝼蚁，来让自己的内心恢复平静哟。我们真不愧是兄妹。

很少见到小町像今天这么低沉，作为哥哥，我很想帮帮她。可考试是一场孤独的战斗，旁人爱莫能助。我能做的只有帮她辅导功课。但小町就是个大漏勺，不管往她脑中注入多少知识，她都会漏个精光。讨厌，太笨太可爱了。对了，不如我替她写作业吧。

不不，等一下，这么做虽然看似在帮忙，其实对小町没有半点好处。这是过度保护。不过没办法，谁让小町那么可爱呢。

"好了，差不多该回到学习上了吧。"

小町用她那双死鱼眼般的眼睛扫我一眼，站了起来。嘴巴也可以张成栗子的形状哟，可爱无敌。

不过，看样子她确实有些吃力了。

"要不我向你传授点学习方法吧？"

小町激动地扭头看向我！

我只是随口说了一句，没想到小町反应这么大。就像耕太老师笔下的恶徒发现同类时的反应一样，连表情也一样。连身为半鱼人的我（虽然不是吸血鬼）都被吓了一跳。喂喂，这跟你的人设不符啊……

（译注：平野耕太，日本漫画家。从 1988 年开始连载《皇

家国教骑士团》，讲述了吸血鬼、宗教徒等明争暗斗和相互厮杀的故事。)

"你终于要把从佐佐木讲座上学来的津田沼高学习大法传授给我了吗?"

"那个是考大学用的吧，对初升高又没用。"

"没劲……"

小町整个人沮丧地瘫软下来。这个样子好可爱。

"哥哥，你能这么说我很开心。不过，你为什么突然想教我学习方法?"

"啊，不是因为你……有点那个 A 吗? 所以我感觉普通学习方法对你来说有点那个 B。非要教的话，还是那个 C 比较适合你。"

"A、B、C 分别指代什么，请回答。每个五分。"

这也要问吗? 唔，没办法了……

"A 是指笨，B 是指理解困难，C 是指笨蛋也能理解的学习方法。"

"哇! 那你刚刚等于是在骂我!"

"我也不想说得这么难听啊……"

世上总是有这种人，口口声声说想听真话，结果听完又开始翻脸。

"但你说的没错，我承认。学习什么的，无所谓了，反正小町是笨蛋。"

"也没必要这么说自己吧……"

看来她已经身心俱疲了。

"所以，你说的笨蛋也能理解的学习方法是什么?"

"其实，也就是很普通的办法啦。你以前遇到不懂的问题都是挨个问，对吧? 而我也是挨个解答。我觉得这样不太好。"

"所、所以应该怎么做？快说呀哥哥！"

"哦、哦……"

小町急躁的样子好可怕。

"每个科目的学习方法都不一样，对吧？比如数学绝对不能等完全理解了一页的内容后，再进入下一页。应该先掌握基础，因为应用题一般考的都是基础。"

"有道理。但随着课程的进行，接触的知识范围越来越大，根本没时间重新复习基础。"

"再没时间，也必须先从基础开始。相反，世界史和国语可以从会的地方先开始。每个科目都有诀窍的。"

"哦哦哦哦。"

小町性子有些急躁。这可能对她造成了影响，导致她没能掌握正确的学习方法。

"我现在虽然不学理科科目了，但考高中的时候认真学过，今天我就把当时的学习方法传授给你吧。"

"哦哦哦……"

小町的香菇眼顿时亮了起来。不，这哪里是香菇，简直就是松蘑。

"这么厉害的学习方法，我可以把班上的同学叫过来吗？"

"欸？为什么？"

"因为马上要参加升学考试，我们整个班的气氛都很紧张。可能因为这个吧，每次在教室复习，我都会莫名地感到焦虑，内心根本平静不下来。这时候如果有个总武高中的前辈来传授学习方法，肯定会有很大帮助的。"

"你想让我也教教他们？"

"不行吗？"

说实话，我一点也不想。对我来说，有个这么可爱的妹妹

就够了。但最近我也偶尔会把朋友带来家里，直接拒绝小町似乎不太合适。

"好吧。虽然我不是当讲师的料，不过我可以试试。"

"谢谢哥哥！那我把他们叫过来哟。"

小町立马掏出手机，开始在疑似好友群的界面里发起消息来。

不愧是新时代御宅族，娇小能干。虽然喜欢独处，但依然会跟朋友保持联系。我这个大块头哥哥显然不行，这方面妹妹要比我优秀得多。

"哥哥，大概有十个人会过来！"

"这么多啊，那这个房间容不下，得去客厅才行……"

"啊，对了……我要先跟你打个招呼，我的同学都比较吵闹。"

"你说……什么？"

我顿时没了气势。

"而且有些还喜欢大喊大叫。"

"喜欢吵闹，还大喊大叫，这简直是人类之恶的具象化啊！你竟然跟这种人来往，我和老爸都不同意。"

"哥哥，可他们是我同学啊，我又没得选。"

"那你干吗主动喊他们过来。"

"他们虽然很吵，但并不是坏孩子……我只是担心，到时候哥哥可能会有点不自在。"

这下可麻烦了。我到时打个招呼就偷偷开溜吧，虽然有点对不起小町。但这样的话，这家伙的面子会挂不住吧。这样显然不行。

"好吧，我试试。把那群吵吵嚷嚷的家伙叫过来吧。"

"谢谢哥哥，真的感激不尽。"

小町双手合十，满怀歉意地低下头。

于是，我们决定在某个休息日的下午举办一场紧急学习会。

× × ×

"先介绍一下吧，这些是我的同学。同学们，这位是我的哥哥大人。"

太麻烦了，而且这算哪门子介绍……

"啊，我叫（各自的名字）……今天请多关照……"

复制粘贴式的自我介绍终于结束了。这个环节也好烦，又记不住你们的名字，没必要告诉我。我今天之内连长相都不一定记得住。

总之，今天来了六个男生，五个女生。算上小町在内，今天共有十二个学生。喂喂，怎么有种补习班人气讲师的感觉。

不，我不可能成为人气讲师。这些初中生说不定在想："欸？这个看起来很难相处的人当我们的老师？""眼神很像罪犯啊？""看起来不像是跟小町有血缘关系哟？"（肯定是这么想的）

虽然我给人的第一印象向来不会太好，可这些初中小鬼也太不会掩饰自己的想法了吧。

"提问！哥哥大人现在是总武高中的学生，对吧？"

一个戴着眼镜、散发着委员长气场的女生郑重地举手问道。

"嗯，现在是总武高中二年级学生。简单自我介绍一下吧，我现在的成绩排年级第三（仅限国语）。"

小鬼们惊呼了一声，收起狐疑的眼神，一齐朝我投来崇拜的目光。怎么都变成香菇眼了，这里是香菇地吗？

不愧是应考生，竟然如此无条件地崇拜学习好的学生。不过，听说这些家伙很吵闹，甚至喜欢大喊大叫？可在我看来，他们的脸上充满了不安。他们的背无力地弓着，肩膀耷拉着，一副还未睡醒的样子；头发干枯蓬乱，看起来十分落魄。消极，太消极了。

如果要用国民动画《樱桃小丸子》中三年级四班的同学来打比方，那他们就相当于藤木和野口，可吵闹的家伙应该是像大野、城崎这样的存在啊。这到底是怎么回事？

小町解开了我的疑惑。

"大家以前都很开朗的，最近被考试压得喘不过气来，就变成了这样。"

这被压得也太惨了吧。即便除去这些因素，他们也不算是那种真正喜欢吵闹的活跃分子吧。不过，这样的话，我反倒更好办了。

"你好啊！哥哥大人你好！今天请多关照咯！不过学习什么的太没劲了，机会难得，可以聊聊别的话题吗？"

"欸？原来哥哥大人在学校是孤僻男啊！学习成绩这么好，这不应该呀！不受关注的人是没有人权的哟，你不知道吗？"

要是大家兴致勃勃聊起这些话题，我估计会被气到吧。

"啊，你好……今天我想……"

"抱歉……这里……那个……我不是很懂……"

这种形式反而给我的印象更好，我也更喜欢。虽然违反了世间的常规基准。

如果今天要应付的是这样一群家伙，我应该能平常心对待。

"各位，现役总武高中生大人马上要向我们传授复习经验了！好好学起来！"

"好……"小町发号施令后，小鬼们敷衍地将拳头举高十厘米的样子，有气无力地回应了一声。

你们不是活跃分子吗？好歹把拳头举高三十厘米啊。

× × ×

我带着大伙来到客厅，正式开启了此次的学习会。

我摇身一变成了讲师。不过今天人比较多，讲太深奥大家会接受不了。于是我大致地分享了一下考试时的注意点、及格后应该着重复习的内容，等等。我边回忆着当年备考时的情景，边滔滔不绝地述说着，不知不觉间便过去了三十分钟。

"非常有参考价值……"

"看来得制定一个长期的学习计划……"

"这样啊，还可以舍弃不擅长的部分啊……"

总武高中只是录取分数线稍高，还不算是日本的超高等学校。所以没必要追求完美，只要适当提升学习效率，要考上并非难事。

"那我们按照哥哥大人教的方法，各自复习去吧。"

戴眼镜的女生对大家说道。

别的都好说，就是能不能别叫我哥哥大人……听起来真的很傻啊。

十二个中学生开始聚精会神地学习起来。

沙沙沙沙……耳边不断传来小鬼们奋笔疾书的声音。这种声音多起来后，会给人一种莫名的压迫感。这就是中考前的氛围，我曾经也切身体会过。

偶尔有人遇到难题，但马上有懂的同学为他解答。学习态度十分积极。我虽然是讲师，但当年的数理化知识早就忘得精光，没办法为他们答疑解惑，不过这样倒也省事了。

这些家伙还挺认真的嘛。他们都这么努力了，为什么还要焦虑？

我很快便找到了答案。

×　×　×

"呼!"

在众人埋头苦学的时候,有一个人开起了小差,我很快便注意到了他。原来当讲师是这种感觉,好新鲜。

那个男生抬起头,懒散地转了转脖子。本以为他会继续回到学习上,谁知他伸手拿出桌子下的手机,飞快地操作了起来。我有点犹豫,不知是否该提醒他。可这毕竟是自主学习,管太严似乎不太好,于是我选择了沉默。因为我想着,他应该会自主回归学习。

但后来,那个男生一直沉迷玩手机。

欸?他这是在做什么?玩口袋妖怪?喂喂,你可是马上要参加升学考试的人,能不能先把你自己这个BOSS(对手)打倒再说啊?简直难以置信。就在我倍感震惊的时候,旁边又有了新的情况。

"呼!"

第二个开小差的家伙出现了。

他放下自动铅笔,伸了伸懒腰。接着偷偷摸摸地从桌下拿出手机,麻利地操作起来。后来的情况与前者相似。

学生可能以为自己没被发现,其实老师全都看在眼里。嗯,如果我是老师,而这里是教室的话,我必须要厉声提醒,否则就是不负责任。但眼下我没有义务这么做。虽然我有种不祥的预感,但我还是选择了沉默。

偷懒的风气很快蔓延开来。

"嗯!""唔!""哦呼!"

越来越多人被传染。散漫的气氛开始通过空气传播,就像流行病一样。松懈的气氛在客厅蔓延开来,那两个同学依然在

忘我地玩着手机。

两个人沉迷玩手机，八个人缺乏专注力，陷入停滞状态。整体的学习效率呈断崖式下跌。

好厉害，竟然能直观地看到负面气氛是如何在班上传播的。

"哥哥，过来一下。"

我被小町叫到了走廊上。在这里说话不会被任何人听到。

"才刚刚学习了三十分钟，这些家伙就开始偷懒了。"

"哥哥，你也发现了呀。是啊，他们一直都是这样，在教室自习的时候也是，开始很认真，慢慢地就失去了干劲。"

"他们比我预想的还要懒散，但内心又很焦虑，这就导致整个教室的气氛都很紧绷。"

"是啊。本以为在家里跟现役高中生一起学习，可以更有效率一点……谁知还是跟往常一样。"

小町懊恼地抱着头说道。

"我发现了，只要有一个人偷懒，周围人就会跟着效仿。"

"偶尔想放松可以理解，但稍做休息后，要及时回到学习上呀。"

"因为每个人的情况都不一样吧。不过三十分钟也太短了。"

"说的也是。怎么办呀，这样根本没有改观。"

可恶，这群懒散的家伙，竟然害我的妹妹这么难过。

"如果不介意的话，这个问题我也可以帮忙解决……只是……"

小町顿时来了兴趣。

"真的吗？那请务必试，哥哥大人！"

"别叫我哥哥大人。就是那个，我的解决方式可能有点严苛。"

"没关系！哥哥可是在侍奉社经过了严苛的历练，你的办法肯定能发挥作用的！有需要的话，小町也会帮你的！小町来当指导助理！"

什么情况，也太可爱了吧。打算让全世界都染上小町的气息吗？

"明白了。那我尽最大努力试试吧。我要让那些天真的家伙见识一下，什么叫自主学习的地狱。"

见我露出一脸坏笑，小町的脸上闪过一丝不安的神色，轻声嘀咕道："应该没事吧?"

× × ×

"你们能出来一下吗?"

"说、说我吗?"

我用略带警告意味的态度，拍了拍两个在桌下玩手机的家伙的肩膀。来吧，颤抖吧。

"过来一下。"

"要、要带我们去哪里啊?"

"要惩罚我们吗?"

"别废话，赶紧过来。"

我把那两个偷懒的家伙带进了我的房间。

"欢迎来到自主责任教室。"

"哇，这房间里有好多轻小说啊。"

"还有很多漫画！而且全是一些深受漫画迷喜爱的作品！哥哥大人，你太懂我了！这些都是我喜欢的！"

"你们两个非常优秀，所以允许你们在更好的环境里自习。就等于是升级了。"

听完我的话，两人的脸上顿时有了神采。

"真的吗！我平时跟弟弟共用一个房间，我一直很向往能

79

有这样一个属于自己的私人空间。"

"在这个房间里的话，学习起来也会特别有劲吧。"

"集中精力好好学习吧，你们可以的。我非常懂你们的心情，毕竟我可是现役总武高中生。"

"哥哥大人！""前辈大人，我们会努力的！"

其实是找借口把他们隔离起来。一旦箱子里出现烂橘子，很快就会影响到整箱橘子。必须要把烂橘子挑出去才行。作为死鱼眼的拥有者，我的房间用来隔离他们刚好合适。

"那你们就自觉一点，好好复习，我去看看其他学生了。这里的课外书、参考书之类的可以随便用。"

"谢谢！""谢！"

什么情况，"谢谢"两个字还能这么省略吗？

"那个，哥哥。你这么做……莫非是？"

小町正在楼梯下等我。她似乎看穿了我的用意。

"嗯，没错，就是你想的那样。我把懒散的家伙挪走了。"

"欸？可这么做能有什么用呢？"

"小町，我们没办法平等地拯救每一个人。我能做的就是避免专心的学生受到影响。客厅那边怎么样？"

"嗯嗯。多亏了你，大家都聚精会神地在学习。"

"是吗，那就好。等快结束的时候，我会跟楼上那两个家伙聊聊，提醒他们稍微有点危机感。"

"嗯，就这么办，那两个家伙的目标可是东大。"

不可能，从他们的学习积极性来看，这根本不可能。身边的同学能不能让他们认清一下现实啊！现实可是很残酷的哟！

把两个偷懒的家伙隔离开来，只留下态度认真的那几个。这样学习会的效率才能得到保障。

本该如此……

× × ×

"哥哥，又遇到头疼的事了。"

我中途去了趟便利店，刚回到家门口，小町便面露难色地迎了上来。我很是开心，甚至忍不住想把这一幕截图保存下来。不过，现在不是想这些的时候。

"那两个烂橘子该不会下楼了吧？"

"原来你背地里是这么称呼人家的……不是因为这个，你进去看了就知道了。"

我透过走廊边的窗户往客厅里看了看。

"喂喂，怎么又有人在偷懒啊！"

见我和小町不在客厅，两个女生光明正大地玩起了手机。一个在聊天，一个在玩游戏。这些家伙到底怎么回事，一个个都这么爱玩手机。还在用老人机的我实在无法理解。

跟刚才一样，两人的懒散行为很快影响到了周围同学。接连有人拿出了手机。这哪里是学习会，简直是手机会。

"在哪里降落？我要近距离看看情况，要去吗？"

"要不这次在渔村降落？"

当中甚至有人玩起了《荒野行动》。

(译注：《荒野行动》是一款射击竞技类手游。)

这也太懒散了吧！能不能别给应考生配手机啊！我是真的很反对应考生带手机，备考期带这么充满诱惑性的东西，谁还有心思学习啊。就像水会自然流向低处一样，小孩也会自然而然地沉迷其中。

"怎、怎么办啊，哥哥。这样下去大家都没希望考上东大！"

"所有人都想考东大吗？那现在还玩什么手机啊！那些家伙也太不自觉了吧……"

81

"在学校讨论志愿话题的时候，班上有超半数的人表示想考东大，于是大家都开始跟风。"

"确实是班级活跃分子能做出来的事情。"

难怪所有人都面色阴沉，我总算明白是怎么回事了。

"那两个玩手机的女生平时是怎样的人？"

"有点类似于气氛制造者吧。"

"那刚刚被隔离的那两个男生呢？"

"也是班里的气氛制造者。"

"你们全班都是气氛制造者吗？"

那这班上的人也太吵闹了吧，换我肯定受不了。但仔细想想，小町也完全可以成为气氛制造者，只是她不愿意那么干而已。也许这类人天生缺乏专注力吧？

"怎么了吗……"

"没办法了，你的房间可以借来用一下吗？"

"欸？难不成……"

"嗯，烂橘子就应该被送进收容所。小町，把她们邀请进你的房间吧。理由别说得太直接就行。就说看你们很努力，破例让你们升入特进班之类的。"

"唔唔……太黑了……太黑了……"

小町嘀嘀咕咕地念叨着，无奈地把那两个偷懒的女生邀请进了自己房间。

如此一来，剩余的七个人应该就能专心学习了吧。

"呼！赢了，嘎哈哈……"

让你们见识一下比企谷补习班出色的隐蔽力和无可挑剔的隔离力吧。

"哥哥大人，我有个问题。"

戴眼镜的女生叫住了我。

"哦，好啊……哪个科目的？"

"数学！"

"哦，数学啊……"

我对数学岂止是不擅长，我的数学简直可以用差劲来形容。数学考试得个位数对我来说已经是常态。不过无所谓，我把所有精力都放在了擅长的科目上。就像游戏里只升级单项能力值的角色一样。如果全都象征性地升一点，到头来可能派不上什么大用场，说不定连BOSS都打不过。我是谋略家。为了攻略人生，我会毫不畏惧地把全部精力倾注在一项技能上。

"所以，这里有没有数学比较好的？"

"为什么这么问？"

"没有啦，我看你很聪明，想着你提的问题应该也会比较难。"

"聪明……"

戴眼镜的女孩举止变得有些怪异。她目光游离、面颊潮红、呼吸急促。

她害羞了？为什么？

"不是我吹。"眼镜女孩清了清嗓子说，"小学六年级的时候，我得过班级最认真学习奖。"

"这不是吹是什么？"

不过，小学确实经常颁发一些名字很长的奖。现在都流行变着法子给全班学生颁发奖状。可我觉得，这种奖拿了也没什么可高兴的，价值观这东西果然因人而异。

"我先确认一下，你哪个知识点不太懂？"

"二次方程。"

"什么？"

咦，二次方程是什么时候学的来着？初二，还是初三？反正就是初中数学的重要知识点对吧。我怎么记得学了很久。现在几月份？马上中考？欸？也太奇怪了吧？

"二次方程的哪个方面不懂？"

"全都不太懂，连什么是'二次'都不太明白，查了也看不懂。"

喂喂喂喂，这孩子没事吧！这都快中考了，竟然还问这种问题？

"哎呀，就是一种二次式的方程啊。"

"二次式我知道，但也只是知道这个词，并不理解是什么意思……"

"x^2 是二次方对吧？那 y 就是一次方。未知项最高次数为二的方程式就叫作二次方程。"

其实二次方程的应用我不是很懂，要是她再深入提问，我不一定能答得上来。

眼镜女孩露出困惑的表情。

"你说的……是什么意思呀？我实在无法理解这个概念。"

竟然纠结起了意思。

"意思的话……我也不太懂。包括二次方程的应用，我也不是很清楚。"

"这、这样啊，连大人都不懂啊。"

"你是那种必须要理解意思，否则没办法机械性解方程式的人。"

"可能吧……"

"那你就放弃应用题吧。我不会说你什么的，你先把基础掌握好再说吧。单靠基础部分应该也能拿点分的。"

"唉唉唉唉……"

她似乎很受打击。

"如果数学不行，其他科目得加倍努力才行。最好靠擅长的科目弥补不足，这样比较有可行性。像我一样把重心放在文科上吧。"

"哦……"

好险，看她长得很聪明的样子，误以为她成绩会很好。这家伙的笨蛋程度简直跟小町不相上下。

明明那么努力，结果却不如人意。

"那就以剑桥大学为目标，从基础开始努力!"

这番话着实令我震惊，但我不打算反驳。

太可怕了……这里是魔窟吗?

×　　×　　×

我决定去看看二楼（隔离）组的情况。

我先看了看我的房间。

"呼，呼，呼!"

"这部漫画也超有趣!"

果不其然，这两个家伙在里面闹翻了天。明明才带他们进来没多久，桌上就已经堆满了轻小说和漫画，笔记本和教科书被扔到了一边。

不知为何，那两个家伙裸着上半身，边用手机播放类似跳舞的视频，边举着漫画和轻小说在那疯狂乱舞。

我说，这是在看书吗? 拿着书乱晃，根本没办法看清里面的字吧?

　　可能因为考试压力太大，两人已经精神错乱了。这两个家伙已经不行了，看来隔离是正确的选择。

　　接着我去看了看小町的房间。

　　这两个家伙该不会也精神错乱了吧，要是看到那种场面，那可就完了。

　　我小心翼翼地往房间里看了看。

　　"竟然偷窥，真受不了你。"

　　小町突然从身后搭话，吓得我差点跳了起来。

　　"你……你！我吓得差点要叫出声！"

　　不愧是我的妹妹，跟踪人的技术倒是一流。

　　"你在这偷偷摸摸做什么呢？"

　　"我来观察烂橘子们的情况啊。"

　　"那你光明正大地进去不就行了？"

　　小町门也不敲（当然这是她的权利，毕竟是她的房间），直接推门走了进去。

　　"两位，还在学习吗？"

　　"啊，小町。没有，我们正在休息。"

　　"小町要不也来休息一下？"

　　所幸两位没有精神错乱，正在那惬意地边吃巧克力边看手机。

　　"真是的，这可是学习会，得靠自己想办法弄清不懂的地方，不然后面很麻烦哟？"

　　"嗯，我会的会的。先休息一会儿再说嘛。"

　　"这点心很好吃哟，最近推出的新款。"

　　这个我懂，说白了就是不想学习对吧。

　　"要适可而止哟，我待会儿再来检查哟。"

　　小町走出了房间。

　　"我感觉这一点也不像学习会。只是一伙人来到我们家，然后各玩各的而已。"

"抱歉啊，哥哥。结果变得这么奇怪。"

"不是变得奇怪，而是你们本来就很奇怪。"

"他们都是很好的人哟！平时非常开朗，最近只是受考试影响变得有些阴郁。其实他们都很善良，虽然第一印象不太好，但相处久了会发现，他们为人坦率，像花轮同学一样风趣幽默。"

（译注：花轮同学指花轮和彦，是日本漫画《樱桃小丸子》及其衍生作品中的角色。）

"花轮一开始给我的印象确实有点装，令人反感……"

但说到底都是小夫的错。

"好了，接下来只要看好剩下的七个人，任务就算完成了。不对，加上你八个人。"

虽然这个结果有些出乎意料，但我已经做出了最大的努力。

怎么有种上班的即视感。我这么讨厌上班，今后进公司说不定会变成社畜，想想太可怕了。

×　×　×

我回到了客厅。

加上小町在内，客厅总共有八个人。他们是经过严苛筛选留下的以东大为目标的英才。嗯，够呛！如果连三个小时都坚持不住，今后恐怕希望渺茫。搞不好会冲出赛道，跌落谷底。不过他们好歹留了下来，我想尽可能帮他们考上第二志愿。想到这里，我坐下来，决定好好为他们答疑解惑。

理科类的知识我不是很懂，但其他科目对我来说小菜一碟。

沙沙沙沙……写字声此起彼伏，八个人贪婪地吸收着知识，状态十分专注。幸亏把那四个烂橘子隔离了起来。

不知不觉过去了一个小时，大家仍在聚精会神地学习着，没有人开小差，也没有人交头接耳。有那几个没学多久便开始偷懒的家伙作对比，突然觉得他们的专注力惊人。再坐下去怕是要立地成佛了。

"各位，渴不渴？要不要喝点什么？"

"啊，经你这么一说，喉咙确实有点干……""我想来点甜的饮料……""我想想啊，我也想喝点甜的。""我的脑袋要干涸了……""拜托了哥哥大人。"

"OK！OK！我这就拿来。"

甜的饮料？既然这么说，那答案只有一个。

早就料到会有这么一天……不对，像我这种孤僻男，怎么可能会料到有这么一天……完全是出于个人需要准备的。

"好、好甜啊……这是什么？""欸？咖啡？咖啡味牛奶？""唔，这、这个好像不太好喝……"

没错，就是麦克斯咖啡。来到我家，又提出说想要甜味饮料，我自然会拿出这款咖啡，就跟苹果熟了会落到地上一样自然。不然就把苹果放到儿子头上，射中了才能更换。

（译注：取自瑞士的民间传说。传说有一位名叫威廉·泰尔的猎人，某天他和儿子意外被捕，残暴的州里官吏盖斯勒命令泰尔的儿子头顶苹果站在远处，只有泰尔射中才能赦免二人。后来泰尔射中了苹果，并设法杀死了盖斯勒。）

"喝习惯了会爱上它的，用来补充糖分最合适了。而且总武高中的学生都喝这个哟。"

"是、是吗！还是第一次听说呢……""那我得努力喝完……""经你这么一说，突然觉得有点好喝了。""下次还想再尝尝呢。"

呼，又完成了一次传教任务。我如此殷勤地推销麦克斯咖啡，要是厂家能主动找上我，送我一年的麦克斯咖啡作为谢礼就好了。

"各位，糖分也补充了，努力把偏差值提高十分吧！"

"好！"听到小町的号令，其余七人将拳头举高二十厘米，大声回应了一声。比刚来的时候更有气势一些。果然只要学习顺利，精神也会变得稳定。

应考生们继续奋笔疾书起来。一切都很顺利，我解决问题的能力似乎也大有提升。

但就在这时，意外发生了。

"呼——"

某人长吐了一口气，开始玩起了手机。而这人竟然就是那个扬言要考剑桥大学的眼镜女生！欸欸欸欸欸？刚刚那努力的劲头去哪了……

这家伙不是说得了什么班级第一委员长之类的奖吗？我不确定是否叫这个，反正八九不离十吧。为什么那么认真的学生，竟然学一会儿就开始想偷懒了！

"呼。"

接下来是小町。

喂喂喂！喂，小町啊！这到底是吹的什么风啊？

"喂喂，小町，这到底是什么情况？"

家人的好处就是三言两语就能明白彼此的意思。我把小町叫到走廊上，如实地说出了自己的想法。

"唔唔……因为我看左边有松懈的迹象，等回过神来才发现，自己的专注力也受到了影响。真是奇怪。"

"这就是懒散氛围的可怕之处。一旦被这种气氛同化，升

学考试就基本没戏了。"

"太丢人了……"

"而且，你们班上为什么总是会出现一些偷懒的家伙啊？这才是最奇怪的地方吧。"

"唔唔，我也不懂，反正以前就是这样。"

这是小町班上同学的通病吗？刚隔离几个腐烂的应考生，又接连有其他人偷懒，这样隔离还有什么意义。

"为什么会这样啊？"

"可能因为平时比较活跃，容易被周围的气氛影响吧。"

"这样。"

这事再怎么责问小町也没有意义，所以我决定不再过多追究。但说实话，小町给出的理由十分牵强。容易受周围气氛影响的人，一般不会在大家认真学习的时候独自偷懒，再怎么也会逼迫自己跟着学习，因为他们注重统一性。事已至此，我不得不怀疑，他们是不是本能地习惯了偷懒。

本能……我突然灵光一闪。

"啊，我明白了，蚂蚁。"

"欸？"

"你们是蚂蚁。"

小町的眼睛瞪得像个盘子———一会儿像香菇，一会儿像松蘑，一会儿像盘子——这家伙真够忙的。

×　　×　　×

我当即决定更改学习会的分组，把十二个蚂蚁应考生平均分成三组：A 组在我的房间，B 组在小町的房间，C 组在客厅。

"分好组了，可这样有什么意义吗？"

"非要解释的话，就是工蚁法则。"

"工、工蚁？"

"其实蚂蚁跟人一样，是一种群体型生物。但不是所有蚂蚁都在勤恳地为社会做贡献，当中也有偷懒的蚂蚁。"

"我还以为只有蝈蝈才会偷懒呢。"

"呵，那蝈蝈真是冤枉！小町啊，其实蝈蝈从来不会偷懒哟。它们的警惕性很强，每一分每一秒都在非常努力地生活。"

"哦……哥哥对昆虫还挺了解的嘛。"

"我可是有一本很贵很详细的昆虫图鉴。不过这些不重要，继续说蚂蚁的事情。听好了，研究表明，在蚂蚁的社会里，只有两成的蚂蚁在勤恳地劳动。"

"两成的蚂蚁……"

"这两成也就是蚂蚁界的社畜。这些家伙每天勤勤恳恳，几乎包揽了所有的工作。"

"那剩下的蚂蚁都在干什么？"

"剩下的六成是普通蚂蚁。它们也会工作，但更多把重心放在个人生活上。每天必须定时下班那种，只做最低限度的工作。"

"哦哦。这类蚂蚁应该很喜欢闲聊……"

我万一要去公司上班，也希望能这样。

"两成勤劳的，两成缺乏生产力的，剩下两成……是完全不工作的。每个蚂蚁群体都存在这三类成员，所以这个也叫工蚁法则。"

"蚂蚁的世界也存在啃老族啊。"

"没有，剩下两成偷懒的蚂蚁到了关键时刻也会拼命工作。这是一种生物学上的保险机制。如果全员都拼命工作，这样虽能暂时提高生产力，但万一全都累倒，社会反而会倒退。这两

成偷懒的蚂蚁能起到预防作用。"

"哦……想得好周到呀。"

我得知这点的时候，也非常感动。原来孤僻群体也有相应的社会价值！太好了！目标达成！开玩笑啦。冷静地想想，到了关键时刻，它们要承担双倍的工作量，自由彻底被剥夺。虽然平时乐得自在，但到了关键时刻，要经受地狱般的煎熬。无论怎么看，都算不上是一个轻松的职位。

但是，当大家一起努力朝着一个目标奋斗的时候，我不想过多参与。我讨厌那种"人人为我，我为人人"的气氛。在我看来，应该是"人人害我，我害人人"，这才符合现实。

不管怎样，若是有人陷入这种局面，平冢老师一定会指名要我前去解决问题，而且是强制侍奉。简直是黑心社团，我就是那社团的社畜，无药可救。

"那，如果把那两成优秀的蚂蚁聚集起来，不就可以变得很厉害了吗？全都是能干的蚂蚁，轻松取胜呀！"

小町的这番话其实代表了很多人的观点，但现实可没这么简单。

"到时依然会被分割成两成、六成、两成。意思是，即便你把所有能干的蚂蚁聚集到一起，最后它们还是会自动分割成不同的群体。"

"什么！"

"这就叫集体心理。"

"人类真是可怕……"

"嗯，人类本来就是有史以来最难搞的物种。读过世界史的教科书就知道了，基本都是血泪史。"

"那大家的东大梦基本都要泡汤了呢……"

"因为你们班上基础差、吊车尾的家伙太多了。"

连代表学霸的委员长（不确定真假）都是那副德行，其他人可想而知。

"但是，如果你们班上已经启动了工蚁法则，那这就不是个人问题了。但也不是没有解决的办法。"

"你说的办法就是指分组吗？"

"没错。我接下来要去各组巡逻，然后做一件事情。今天大家要学习到几点？"

"我们约定的是六点，大概还剩四个小时。"

"四个小时，OK！至于我的办法有没有效果，看了就知道了。顺利的话，这办法在学校也可以使用。"

"嗯嗯。为避免吓到大家，我跟哥哥一起去各个房间巡逻吧。"

"不，我就是要让他们感到害怕，你不用帮我。"

"欸？你要做什么？"

那么，这场试验结果将会如何？

× × ×

每组各有两名男生两名女生。我先去了我的房间，看 A 组是否在认真学习……并没有。

"呼，呼，呼！"

"好！好！好！好！"

漫画、轻小说、手机、点心，以及没有父母干涉的空间。这里正是中学生梦寐以求的完美堕落环境。所以，他们会如此颓废也是在所难免的事情……才怪！

"各位，讲师来了！"

我门也不敲，直接走了进去。四人慌忙藏起手机，端正坐

姿。但没有多余的空闲收拾漫画和轻小说，偷懒的证据一目了然。

"啊，没事没事，不用在意。我也有作业要完成，你们不用在意。"

"那、那个……你不生气吗？"

男生战战兢兢地问道。

"这本来就是自主学习，我没理由生气啊。而且，休息对应考生来说也很重要。你们按照自己的节奏来就行。"

说完，我坐到书桌前，开始做起了自己的作业。蚂蚁应考生们长吁了口气。见我埋头做起了功课，他们也不好意思再放肆。"那我们继续复习吧。"在某人的提议下，几个家伙重新打开教科书或是笔记本。

这哪是继续，明明是刚开始吧。我暗自吐槽了起来，同时在心中宣告：接下来你们不是应考生，而是受刑者。不管你们愿不愿意，你们都将在这三个监狱里被迫按照规则去学习。

大约十分钟过后，包括我在内，房间里的五个人仍在奋笔疾书。但我用余光捕捉到，有一个女生开始蠢蠢欲动。她的注意力已经开始涣散。是时候了。好，开始吧。

"呼啊……"

我故意大声打了个哈欠。四人同时被吓了一跳，场面十分有趣。

"啊，好累，不想学了，休息一下吧！"说完，我直接躺到床上。几人惊愕地睁大眼睛，讶异地注视着我怪异的举措。

"啊，抱歉，能把那本漫画拿给我看看吗？"

我随手指了指一本漫画。

"给、给你……"

女生把漫画递给了我。

"那个点心看起来好好吃，可以给我尝尝吗？"

我擅自拿起点心塞进了嘴里。明明关系不算很熟，我却表现得如此随意，四个初中小鬼被惊得目瞪口呆。

"啊，没劲，真的好没劲。这作业还是不做了吧，你们说呢？"

我碰巧与其中一个女生四目相对，顺势想征求她的认同。

"不不不……作业还是要做的……"

她连忙摇头否决。

我吊起一侧嘴角，尽可能让自己的双眼看起来足够腐烂。女生用"这个废柴到底想干吗"的眼神看着我。没错，就是要你们对我反感，记清楚我偷懒划水的样子吧。如此一来，这个房间的懒蚂蚁的宝座就是我的了。

兴许是不太想跟我扯上关系，四人相互看了一眼，匆忙回到了学习上。这也算是一种逃避现实的行为吧？

蚂蚁和人一样，精英、普通人、废材分别以 2∶6∶2 的比例分布。所以我把四人分成一组，只要我故意在他们面前偷懒，废柴的位置就会彻底被我占领。这样既能解决问题，又可以趁机偷懒，简直是一举两得。

我变着花样偷懒，接收到足够多轻蔑的目光后，接着又来到了小町的房间，也就是 B 组的地盘。

"抱歉，小町，打扰一下，我要在这里做会儿作业。"

小町和眼镜女生被分到了这个房间。

"嗯嗯，当然可以啦，哥哥。哥哥来妹妹房间做作业很正常呀。用小町的书桌吧。"

我虽跟小町事先打过招呼，但并没有对过台词。临场发挥果然不行，小町的演技太生硬了。虽然肉眼可见的奇怪，但我也只能顺势而为了。

"嗯，那就借用一下了。各位，抱歉打扰了。不用管我，

照常学习吧。"

除小町外，其余三人眼睛睁得浑圆。然后，我像刚才一样，装模作样地做起了作业。大约过了十分钟，B 组还未出现松懈的迹象，我决定先下手为强。

"啊，好没劲，真的超没劲！实在不想做了！"

我二话不说躺到小町床上。

"真是的，哥哥你也太废柴了吧。"

"小町，把你房间最有趣的漫画借我看一下。"

"看什么漫画，快点做作业啊！"

"算了，不管作业了，先给我看漫画吧！"

我从书架上随手抽出一本书。不过那好像不是漫画，而是一本什么入门书——《每天练习五分钟便能轻松获得香菇眼，任何人都能学会》。

小、小町竟然在读这种书？香菇眼竟然是人为训练出来的吗？要这么说的话，那女孩身上的可爱元素岂不是都不可信……我虽有些反感，但放回书架似乎有些不太合适，于是我只好敷衍似的读了起来。

好有趣，感觉我也可以。原来如此，关键在于泪腺的使用方法啊……哎呀，不行不行，我得装出很散漫的样子。我边读着书边开始使出浑身解数释放身上的废柴气息。到了我这种级别，废柴气息完全可以自由操控。废柴气息这个词听着有些可爱，但在这里是个贬义词。换个词来形容就是懒惰、邋遢、消极。

"唔……" "这、这是……" "他在做什么……"

不愧是一群容易受周围气氛影响的家伙，很快察觉到我身上散发的气息。现在应该发现我是这房间最废柴的人了吧。

哎呀，这个办法实在是太有用了。一切进展得太顺利，我的嘴角止不住地上扬。这样似乎让我显得更加可疑，在场的两个男生惊得脸色煞白。

我顺势对两人说道："要是考不上高中可就惨咯，到时可能混得比我还差。"

"啊啊啊！"

两个男生顿时被吓得手足无措。有了我这个反面教材，两人对待学习似乎也更认真了。

最后是C组，有了前两次经验，我也更得心应手了。这次依然很顺利。由于我的偷懒技术得到提升，这次从进门到离开全程只花了五分钟，而且没有任何违和之处。我果然是个偷懒天才。

C组成员也十分排斥我这个懒虫，避免变得跟我一样，大家的学习意愿空前高涨。

真是可喜可贺。但这些家伙的耐力十分有限，巡逻一次显然没法完全解决问题。

"哟，应考生们，我又来了。"

"你、你怎么又来了！"

突袭A组。你们的敌人不是手机里的角色，而是我。我才是你们要攻克的BOSS。我会一直重复巡逻，直到六点。

× × ×

"小町，今天真是太感谢你了！我感觉比平时专注多了。"

"没……没事啦，大家有进步就好哟。"

"进步巨大，这样下去应该能考上理想学校。"

眼镜女生道完谢后，其余学生也笨拙地低头致谢。

"谢谢你，小町！多亏了你，我感觉自己有希望考上东

大!""小町，真的非常感谢你！""哥哥大人也……谢谢。"
"那个……嗯，谢谢。"

喂喂，怎么对我们兄妹的感谢语气相差这么大，也太明显了吧。能不能稍微隐藏一下自己内心的想法。

不过，在大家眼中，我现在是一个十分不靠谱的讲师，会有这种反应也是理所当然。

"你们下次举办学习会不要超过四个人哟！"

"欸？为什么不要超过四个？""谁知道呢……"

初中小鬼们一头雾水地离开了我家。

"总算完成了这项委托。"

"嗯，完成是完成了，但怎么说呢，现在大家都把哥哥当怪人了。"

"反正也不会再见面了，无所谓。而且，要想让他们集中精力学习，只能用这种办法了。"

"是啊，问题能得到解决，当然是好事。但哥哥因为这个被大家误会，还是有些遗憾呢。"

"在所难免啦，凡事都不可能十全十美。再说了，你好歹是我妹妹，应该好好说声谢谢吧。唯独这次，跟以往完全不同。"

"哪里……不同了？"

我没有回答。因为我找不到合适的话语去形容。但这次确实跟在侍奉社完成委托时的感觉不太一样。我不觉得是在自我牺牲，也并不反感那群小鬼。相反，我甚至有些同情他们。因为那些家伙绝对考不上第一志愿……

为什么不一样呢？

一定是因为小町是我真正血脉相连的家人吧。这种话确实说不出口，我怕会有损大哥的颜面。但小町似乎早已察觉到我内心的想法。

"谢谢你，哥哥！"

"嗯……"

看，只要这样就足够了。

"虽然很感激……但在小町这得分一般。"

"别闹……"

小町露出了表里如一、天真无邪的笑容。

平冢静与比企谷八幡在某个休息日的度过方式

天津向

插图：Ukami

某天，等我比企谷八幡醒来时，已经过了下午一点半。我试着回想了一下，为何会睡到这么晚？

想起来了，昨晚我用手机试着下了个游戏，结果玩上瘾了。想着第二天休息，于是我肆无忌惮地玩到了早上。不过，难得迎来周末，我竟然睡到下午，而且整个人十分疲惫，感觉一天都被浪费了。

不过，这对我来说是家常便饭了。上周末我也睡到了傍晚，直接浪费了一天的大好时光。相比之下，今天算是早起了。太好了，这么说我还赚了三分。睡了这么久，竟然还赚了三分钱，简直太棒了。

（译注：日本有句俗语叫"早起三分利"，意指早起才会有收获。）

说起来，那时候的三分相当于现在的多少来着？我用手机检索了一下"三分钱现在的价值"。我看看……嗯，每个时代的价值都不一样，大约相当于现在的一百日元……不错啊，意思是赚了一百日元咯？那我也太幸运了吧。但问题是，我赚的这一百日元去哪了？

就在我想着这些的时候，肚子突然"叫"了起来。好，不管那一百日元了，先填饱肚子再说吧。我向客厅走去。

"喂，小町，有早饭吗?"

现在说"早饭"似乎有些不太合适，我边想着边喊道。但客厅空无一人。嗯? 那个一到休息日就懒洋洋地窝在家里看电视的小町去哪了? 我陡然间想起小町昨天在客厅说过的话。

"我明天要跟同学一起出去玩，你随便吃点哟! 反正哥哥一般都要玩通宵，再睡到下午才起来。然后安慰自己，起码没睡到傍晚起来，真走运之类的。"

哇，那家伙是预言家吗? 还是说，我的行为已经变得像机器人一样刻板了? 哪个都不太妙啊。不过现在不是纠结这个的时候，眼下的当务之急是想办法填饱我这咕噜作响的肚子。吃什么好呢? 嗯，冰箱里也没有可以简单填饱肚子的东西。自己做饭倒也不难，只是一个人不太想动手。要是小町对我说"我想吃这个"，我一定会毫不犹豫地做给她吃……

就在我烦恼不知该吃什么的时候，无意间瞥见桌上有一封信，就顺手拿了起来。

"留言! 哥哥起来肯定不想自己做饭，还会在心里嘀咕，小町要是在家的话，倒是愿意做给她吃。我把妈妈给的零花钱放这里了，拿去吃午餐吧! 别乱花钱哟!"

我懂了，不是我的行为像机器人一样刻板，而是小町那家伙是预言家。按她的个性，即便她哪天扮演起父母的角色，我都不会觉得奇怪。

我边想着这些无关紧要的事情，边拿起留言信旁的一千日元纸钞。嗯，要是能把午餐的花销控制在九百日元以内，我真的能赚到一百日元。

于是，我换好衣服，走出了家门。思考再三后，我决定去

平冢静与比企谷八幡在某个休息日的度过方式

101

车站前那家新开的拉面店看看。家附近的盒饭店之类的味道倒也不错，但我想趁着休息日去探索一下新店，这样会让我更有充实感。顺带一提，我没打算把今天的计划告诉任何人。

不只是因为这个，我前面也说过很多次了，千叶是拉面的激战地。在千叶开拉面店，相当于来到了一个遍地充斥着美味店铺的战场，可谓是一条"修罗之道"。冲着店主的这份勇气，我必须去尝尝。顺带一提，绝对不是谁推荐我来的。

从我家到车站只有十分钟的步行路程。我迈着摇晃的步伐慢悠悠地朝车站走去。途中遇到红灯，我拿出手机，玩起了昨天下载的游戏。嗯，这有什么乐趣呢，只是不停地切断屏幕冒出的蔬菜而已。难道是因为半夜精神亢奋？看，掉下来的萝卜。萝卜切起来很简单，嗯，等一下，这是莴笋？这是四季豆？四季豆这么小，也太难切了吧……冲啊！

没切到，游戏结束……不，我不能就这么放弃。就在我刚要按下"继续"按钮的时候，突然……

"喂，少年，你在这种地方做什么？"

我抬头一看，路边停着一辆车，一张熟悉的脸戴着墨镜，透过车窗朝我招手。

是平冢静。我们学校的国语老师兼生活老师，也是推荐我加入侍奉社的那个人。

"信号灯早就变绿了哟。"

我抬头一看，信号灯已经开始闪烁，转眼间又变成了红色。

"平冢老师，你刚刚不是问我在做什么吗？我在切蔬菜。"

"怎么感觉你又在幻想一些奇怪的事情……"

"我还想问呢，老师你在这里做什么？"

"啊，我正打算去吃拉面。"

"欸？"

见我格外惊讶，平冢老师也露出了讶异的神情。

"怎么了？难道我看起来不像是爱吃拉面的人？"

"没，我也打算去吃拉面，就是觉得有点巧。"

"你也去？是吗……好。"

平冢老师说完，取下墨镜，竖起大拇指，指了指车内。

"先上车吧。"

"欸？"

"反正都是去吃拉面，在这里碰到也是一种缘分，一起去吧。"

"欸？可、可是……"

我思考了很多，但为了避免麻烦，我还是决定拒绝。说起来，课堂上好像布置了语文作业。难得过个周末，结果还要被老师念叨，我可受不了。

"不了，这时候跟老师一起去不太合适，要不算了吧。"

"我请客。"

"这就上车。"

被念叨算什么，起码这样可以保住口袋里的一千日元，获得三十分的利润。

可能没想过要载人吧，车后座堆满了纸箱，一点也不像是女性的车子。

"看到这车，就知道，老师肯定没谈过男朋友。"

"比企谷，能不能别哪壶不开提哪壶。小心我把你在学校的那点糗事说出去哟。"

平冢老师用平淡的语气说出了这番残暴的言论。这简直就是赤裸裸的威胁。

"对了，比企谷，你打算去哪家拉面店？"

"啊，就是车站前新开的那家。"

"啊，那里啊。原来如此，原来如此，原来如此。"

平冢老师来回重复着最后几个字。

"怎么了吗？"

"比企谷，你可能受到了拉面之神的眷顾。"

"欸？拉面之神？"

我讶异地看着驾驶座的平冢老师。

"嗯，你能在那里遇到我，说明拉面之神很关照你。"

说完，平冢老师突然转动方向盘，在十字路口掉头，朝着我提及的那家拉面店驶去。

"那个，老师，你刚刚说的是什么意思？"

"等到了再跟你说。"

我一头雾水地看着前方。

行驶了大约五分钟后，我们来到了车站前。平冢老师把车停到了能看见店招牌的地方。

"现在应该还在午餐的营业时段，能看到吗？"

我看向那家店铺。招牌上印着店主和厨师的个人生活照，看起来十分醒目。

"这招牌好厉害啊！"

"就是那个。那里，看不到吗？"

平冢老师说完，摇下我所在的副驾驶席旁的车窗，解开安全带，将身子从我旁边的车窗探了出去。哎呀，靠得太近了吧。直接凑到我面前！

"看，那边。"

我不知道平冢老师指的是哪里，不过我很快意识到她说的是拉面店。我朝那边看了看，发现招牌上的店主正站在那里抽烟。

"虽然已经过了午餐的高峰期，可这里好歹是车站前，店主怎么会闲到在外面抽烟。"

"意思是没什么客人吗？"

"嗯，也有可能……"

这时，店里走出来一位客人。店主没有向顾客点头致意，依旧在那里边吸烟边玩着手机。

"也有可能店里雇了人做拉面。看样子是后者呢。"

"但也有可能是刚做完拉面，趁机出来放松一下。"

"如果是这样，那更应该看着顾客吃完吧。不然根本称不上是一流的拉面店。刚刚明明出来一位顾客，他都没打招呼。"

平冢老师说的没错。如果要我动手做料理，比如在小町的要求下做一顿饭，我一定会想看着她吃，甚至想看着她吃完。

"在招牌上放自己和厨师的照片，有种用别人的兜裆布做拉面汤料的感觉。"

明明是用别人的兜裆布参加相扑比赛，这家伙竟然说成拉面汤料。就在我暗暗吐槽的时候，平冢老师坐回驾驶席上，长吐了口气。她的脸上莫名地带着一丝悲伤。

（译注：这是一句日本的谚语，字面意思是"用别人的兜裆布参加相扑比赛"，引申义为"借人之物，图己之利"。）

"我也不想相信口碑APP（应用程序）上的数据，但这家店在那些APP上的评分都很低。上面说，味道很正宗，但店主态度太高傲，让人很不爽。"

"这样啊！"

没想到平冢老师对拉面的事情这么关心。不对，之前一起吃拉面的时候就隐约有所察觉，这次算是确信了吧。

"所以，我不太想带你去这家拉面店，你觉得呢？"

"这让我怎么回答……既然你都这么说了，那我肯定也不

想去了。"

"对吧对吧。"

平冢老师愉快地点了点头。我突然想趁机捉弄一下她。

"不过，我有点幻灭。"

"幻灭？"

平冢老师皱起眉头，疑惑地瞪着我。

"我十分理解你的心情，或者说你的想法。但作为国语老师，你竟然仅靠数据和听闻来评价一家店铺，这不像你的风格。"

听完我的话，平冢老师收起锋利的目光，看向前方。

"作为国语老师，应该要亲身体验后再发表感想吗？"

"至少要有这方面的意识吧。"

"比企谷你这家伙真是……百闻不如一吃，那我给你看样东西。"

平冢老师从挎在肩上的背包里掏出钱包，从中拿出一张卡。上面写着面前这家拉面店的名字。是店铺的积分卡，上面盖有两个印章。

"欸？这是？"

"我都有积分卡了，就是你想的那种意思咯。"

"老师，你去过那家店啊？"

"我本以为用数据的方式更能让你信服，谁知你不吃这套，早知道我就直说了。"

平冢老师将脸靠了过来。

"那里的拉面很难吃哟。"

"明白了……"

"好，那我们走吧。"

平冢老师把车往后倒了一点，接着转动方向盘，快速驶离了原地。

车子径直朝着平冢老师心仪的那家店铺驶去。

"老师这么喜欢拉面啊。"

"我之前跟你说过吧。"

对啊，我记得那次……

"是老师参加堂妹婚礼的时候。"

"啊，对对！当时在婚礼上亲戚给我的压力太大，我试图找地方逃避时，碰巧遇到了你，对吧。这样啊……原来过去这么久了。"

平冢老师突然感慨地看向远方。这是什么眼神？她现在是什么心情？

"后来，我堂妹很快生了孩子，前阵子又怀了二胎。"

"这样啊，那真是恭喜啊！"

听到我的回应，平冢老师的眼神似乎变得更迷离了。

"前阵子参加亲戚的追思会的时候，亲戚一个劲地夸堂妹的孩子可爱，然后问我怎么还不结婚。"

哇……虽然我没有经历过这种场面，但能想象，当时的她一定如坐针毡吧。等我毕业做啃老族后，我绝对不要去参加什么亲戚聚会。虽然我本来也没怎么参加过。

"自那以后，不知是不是更换了联系方式，我爸妈时常在LINE（即时通讯软件）上给我发堂妹小孩的照片，但是一条文字消息也没有。"

"一条也没有？"

这已经暗示得很明显了吧……不过，我并没有把这句话说出口。

"我能做出的最大程度的反抗，就是对这些照片已读

107

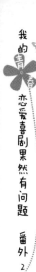

不回。"

平冢老师，你这迷离的眼神很危险啊，快收起来，不然前面的车子要看不见了。

我试图转换话题。

"对了！没想到当时的约定会以这种形式兑现。"

"约定？哦，是说带你去我推荐的店铺吃拉面，对吧？我还记得。不过这次不一样，今天跟之前的约定没关系。"

"是吗？"

"没错，你毕业后推荐品尝的拉面计划已经制订得差不多了。像今天这种日常形式的话，不在计划范围内。"

计划？这都变成一个庞大的项目了？平冢老师确实是个拉面狂热爱好者，有时我只是随口问了一句有关拉面的事情，她却能给出详尽十倍、甚至百倍的答案。

"目前我已经筛选了40家店铺。"

"筛选完还有这么多？根本就没筛选吧！"

"说什么蠢话，千叶县2018年的拉面店总数达1298家。我好不容易从里面筛选出40家。"

"哎呀，可是……"

"好了好了。总之，期待毕业后的生活吧。"

平冢老师愉快地笑着说道。她的笑容莫名地让人感到恐怖。老师长得这么漂亮，却不怎么受欢迎，也许跟这个多少存在一点关系吧。

"不过，我刚刚也说了，今天这种偶遇就相当于番外。我刚好也有想去的拉面店，所以你不用太紧张哟。"

"这样啊，那就好。"

我抚了抚胸口，看向窗外。

"到了，就在那边。"

平冢老师把车停到停车场，稍微步行一会儿后，便看到了一家拉面店。

"欸……老师，那是……"

"没错，就是那家有名的拉面店。"

那家店给我的第一印象是特别红。墙壁和招牌都是清一色的红色。招牌上还搭配了醒目的金色，外观太过豪华，让人有些望而却步。

我看了看招牌上的文字——日本第一辛味拉面蒙古汤面中本船桥店。

"这不是中本嘛!"

"比企谷果然知道这里。"

"那是当然。电视上也经常能看到他们家的辛味拉面。"

说起来，我确实听说最近他们在千叶开了分店，没想到在船桥啊!

"我也还没来过，今天想着来尝尝。"

"这样啊，但你能吃辣吗?"

面对我的提问，平冢老师轻声笑了笑。

"应该没有那么辣吧。没事啦!"

"也是。"

话虽如此，可他们家的辛味拉面能有机会登上电视，肯定不是普通程度的辣吧。稍微有点担心啊。

"总之，先去排队吧。"

我跟着老师走了过去。店门口人不算特别多，但还是有些人在排队。我们站在队尾缓缓向前挪动。

"不过，没想到有这么多人排队。"

"不不，平冢老师，这点人不算什么吧。"

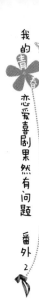

"说什么傻话，你也不看看现在几点了。"

在平冢老师的提醒下，我看了眼时间，眼下刚过下午两点半。

"在拉面店，下午两点到五点的时段一般很少来客人，这个时段也被称作'闲置时间'。有些拉面店会在这个时段关店。"

确实，在我的印象当中，有很多拉面店在这期间都不营业。

"可这家店门前却还有人排队，所以你大可放心。"

"是吗？明白了。这个我赞同，但是……平冢老师，这个你怎么看？"

我指着店铺墙壁上的照片说道。墙上贴着一张疑似店铺老板的严肃大叔的照片，他身穿红色工作服，竖着食指。

"刚刚车站前那家店的招牌上也贴着老板的照片，你说看着有点反感来着。"

"哦，这个啊。但这是白根社长，据说是蒙古汤面中本的第二代继承人。所以可以接受他这样啊。"

不是，这理由也太莫名其妙了吧？这样就可以接受了？这难道不是偏袒这家店？

就在我想着这些的时候，队伍比想象中挪动得更快，我们很快便进入了店内。

"欢迎光临！"

店员们元气满满地喊起了欢迎词，声音十分洪亮。我不禁心想：若是我独自一人前来，怕是还没进门便被吓跑了吧。

店内的装潢以白色为主，正面和两侧都设有吧台座席。墙上镶有稍大的玻璃窗，店内光线较为明亮。就在我好奇地四处张望的时候，平冢老师来到了点餐机前。

"要点哪个？"

"说实话，我也很犹豫……不过听说这个北极挺有名的。"

听到平冢老师的话，我看向点餐机的按钮，上面标注着每道菜的辣度。而北极拉面标注的是"辣度9"。

"老师，上面写着辣度9，真的没事吗？"

"没事啦。最高是辣度10，这么想感觉还好，对吧？"

"是吗？"

"知名拉面美食家'面田边留藏'不是说过嘛……进入拉面店就应该好好感受、配合这家店的风格，这才是真正的拉面爱好者。"

"我怎么没听说过这名字！'面田边留藏'是谁啊？肯定是你瞎编的吧！"

"好啦。总之我就点北极。你呢？"

"我可没听说过什么'面田边留藏'的名言……所以我选择辣度5的蒙古汤面。"

听到我的选择，平冢老师扫兴地垂下肩膀。

"你这人也太胆小了吧……所以才总是没办法做出选择。"

"没办法做出选择？"

"没什么，我是说点单。"

说完，老师按下点餐按钮，把用餐券递给了我。就在我东张西望，不知该如何是好的时候，我不小心与店员四目相对。

"这边请。"

店员亲切地前来为我们带路。我和平冢老师并排坐到吧台前。见店员走到我们面前，我和老师连忙把用餐券递了出去。

"抱歉，来半分北极。"

"明白。"

"再来一份LINE的'鸡蛋片'。"

"明白！"

热情的店员面带微笑地接待完，转身回到了厨房内。

"好了，接下来只要坐等就行了。"

"老师，我怎么觉得你是这里的常客啊。"

见平冢老师用一些我从未听过的单词轻车熟路地交谈，我感到无比震惊。

"你真的是第一次来吗？"

"当然了。"

"那你为什么点起单来这么熟练？"

"对于第一次来的店铺，当然要提前做功课啊。"

老师得意地说道。

"提前做功课？"

"没错。我去网上搜了一下点单要注意什么。上面说'半分'就是只要半份面的意思，然后 LINE 的'鸡蛋片'就是在 LINE 上关注中本的官方账号，给店员看了之后，可以免费获得一份水煮蛋片。"

这样啊，原来是这么回事啊。我从来没想过提前做功课。如果是事先做过调查，老师能了解到这些信息也就不足为奇了。

我在店里好奇地四处张望。墙上贴有社长参加电视节目时的照片，还有许多艺人签名。这家拉面店关注度颇高，媒体宣传也做得十分到位。我的期待值也随之提升，希望上电视不是为了追求广告效果吧。话说回来，这跟上一家店的店主一样，事情都交由其他人代办，从这点来看，其实没有差别吧？这种想法总在我的脑中挥之不去。

"侍奉社那边还顺利吗？"

面对突如其来的提问，我看向平冢老师。她正端着水壶往杯子里倒水。

"这个嘛，怎么说呢，不算顺利吧。"

"为什么？"

"要是顺利的话，反而会感到不自在。"

平冢老师露出一丝略显深沉的微笑。

"对你来说，不顺利才是青春的常态呀。"

她饶有兴致地用左手揉了揉我的头。我也不明白她为何突然心情大好。能让她高兴固然是好事，但如果不顺利是青春的常态，那我一秒也不想多待，只想快点跳过青春的舞台，进入舒适的啃老族阶段。我要拼死啃到最后一刻。

"先为二位上蒙古汤面。"

店员说着，把一碗面端到了我面前。哎呀，上菜速度比我预想的要快很多嘛。但看到眼前的蒙古汤面，我顿时哑然。

"服务员，是不是搞错了？我点的是蒙古汤面，北极是旁边这位女士的。"

"啊，不是哟，那个就是蒙古汤面哟。"

店员笑着回道。我下意识地咽了口唾沫。蒙古汤面的汤汁非常红，看起来不是一般的辣，完全超出了我的预期。表面堆满了红色的麻婆豆腐，勉强能从麻婆豆腐的缝隙间看到几片包菜之类的蔬菜。

"看起来好辣……不过应该很好吃。"

汤汁看着很红，但汤面散发出的香味令人食欲大增。从中隐约闻到味噌和蔬菜的香味，让人迫不及待地想品尝一番。

"久等了，半分北极和 LINE 赠送的鸡蛋片来了。"

说着，店员把平冢老师点的拉面端到了吧台上。看到那碗拉面，我才意识到自己刚刚的发言有多天真。

我刚刚在瞎说什么呢，这才是真正的北极啊！

老师面前这碗面的表面漂着通红的辣油，上面放着一些豆芽。豆芽的白色部分与红色辣油形成鲜明的对比，把汤汁的颜色衬得更加醒目。

"哇，好红啊，看起来好好吃。"

看着眼前这碗拉面，平冢老师莫名地激动起来。

"老师，这个你能行吗？这么红，感觉不是一般的辣啊。"

我担忧地问道。

"只能试试看了。"

平冢老师说完，起身走到点餐机旁，拿了两个一次性围裙。

"谢谢。"

"好了，开始吃吧。"

我们对着面前的拉面双手合十。

我先用勺子舀了一点汤汁。掺杂着麻婆豆腐的汤汁进入口中的那一刻，我整个脑中只有一个想法——

"太好吃了！"

红色汤汁带来的不安瞬间被吹散。面汤鲜香浓郁，搭配的麻婆豆腐虽然有点辣，但其独特的口感把面衬托得更加美味。

接着我吃了一口蔬菜。蔬菜浸在汤汁里，变得十分软烂，跟汤汁搭配得恰到好处。可能因为昨晚玩了通宵的切蔬菜游戏，内心莫名地对蔬菜产生了好感吧。但我很快意识到，这二者并没有直接联系。

最后我尝了一下拉面。这道美食的主角不是加有麻婆豆腐和蔬菜的汤汁，而是拉面。拉面的味道不能输给配菜，这是最重要的。我可不想看到"除了拉面其他都很好吃"的悲惨局面。

我战战兢兢地用筷子夹起拉面送入口中，然后慢慢咀嚼。

这真的……太好吃了。

面的粗细恰到好处，吃起来十分有嚼劲。咬断的瞬间，小麦的香味在口中蔓延开来，充斥着整个口腔。搭配美味的汤汁和蔬菜，味道丝毫不输麻婆豆腐。简直是一碗无可挑剔的拉面。

"老师，这是什么情况，太好吃了吧。"

"是啊！中本的特色虽然是辣，但拉面的味道真的超级美味，所以才会这么受欢迎。"

说完，平冢老师豪爽地吃起面来。我偷偷瞟了她一眼。她正毫不犹豫地把被染红的拉面往口中送着，额头不断冒着汗珠。头发被撩到耳后，侧脸莫名地透着一丝美感，看得我不禁脸红起来。

"嗯？怎么了？"

平冢老师似乎察觉到我的视线，她用纸巾擦了擦嘴，看向我。

"啊，没、没什么。"

为掩饰内心的尴尬，我慌忙往嘴里塞了一口蒙古汤面。

吃到一半的时候，我开始感觉有些辣了。麻婆豆腐沉入汤中，味道也发生了变化。香浓的拉面开始多了一丝辣味。我边冒着汗边专心致志地吃着拉面。

"多谢款待。"

等回过神来，平冢老师已经吃完了北极。我碗里的面也大约只剩百分之十，我慌忙把剩下的这点面塞入口中，然后双手合十，说了声"多谢款待"。

"好好吃呀！"

"蒙古汤面明明很辣，真是神奇……可以尝一口你的汤吗？"

"可以啊。"

我用勺子尝了一口北极的面汤。刚吃完蒙古汤面，已经习惯了辣味，应该没事吧。看，竟然还能接受……

下一秒，辣味在口中蔓延开来。

"好、好辣啊！"

"你也太夸张了吧，比企谷。没那么辣吧？"

"不不！真的很辣！"

我慌忙仰头喝干杯子里的水。但很快，第二阵更为强烈的辣意席卷而来。

"……"

"啊，忘了说了，吃了辣的东西后，喝水只会变得更辣，要注意哟！"

"你早说啊！"

我顶着一脸的汗水径直走出了店铺。

我和平冢老师回到车上。行驶途中，我实在是太辣，只好伸出舌头，用手不停地扇风。

"比企谷，原来你这么怕辣啊！"

"不不，我以前还是能吃辣的，只是这次太辣了。"

"但很好吃，对吧？"

平冢老师得意地问道。我点点头。

"确实非常好吃，最后尝的北极面汤虽然很辣，但味道确实很好，让人欲罢不能。"

"就是就是。"

平冢老师深表赞同。

"而且，不仅好吃，分量还特别足。太意外了，我完全吃撑了。"

"是啊，中本的面都很大碗，有时候一天吃一餐就够了，还省钱。"

"平冢老师，你真的是第一次光顾中本吗？"

"是啊，第一次啊。怎么了？"

"没什么，就是觉得你对那里太了解了。"

哈哈哈哈！车里回荡起平冢老师豪爽的笑声。

"都说了我去之前做了功课，你想太多了。"

"这样啊。"

"对了，我还想去另一家看看，可以吗?"

"好啊，反正……就算我说不想去，你也会强迫我去的。"

我无奈地说道。平冢老师用余光瞟了我一眼，扬起嘴角。

"那我们就去那边吧。"

"好的。"

平冢老师打开转向灯，左转行驶了一会儿后，直接上了高速。

"等一下，要去那么远的地方吗?"

"没那么远啦，我只是觉得走高速更快一点。"

"这样啊。"

兴许从我的语气中听到了不安，平冢老师再次"哈哈哈"地笑了起来。

"我又不会卖了你。"

"话说这么说没错，可是……"

高速路上车辆很少，平冢老师逐渐加快了速度。

"对了，你们之前接到的相声委托还顺利吗?"

"那个啊? 那是真的够呛。"

不知为何，前阵子侍奉社接到一个"想在市里举办的地区儿童联欢会上表演搞笑节目"的委托。为此，我和雪之下被迫表演了一段相声。

"有效果没?"

"嗯，效果明显，节目超级搞笑，现场发出了前所未有的爆笑声。"

"听你这么说，我反倒有些不信了。不过，大家笑了就行。"

搞笑是搞笑，我确实没有撒谎。只是搞笑方式可能会让平冢老师有些难以接受。

"下次别再让我干这种荒唐的事情了。"

"不不，你们可是侍奉社，这种事情很正常吧。"

见前方有阳光照射过来，老师重新戴上了太阳镜。

"青春本就荒唐，这是年轻人的专利。"

"大人总是莫名地对青春充满期待。青春可没有这种东西，青春不像春天一样五彩斑斓，有的只是无比青涩的果实。"

听完我的言论，平冢老师冷冷地看向前方。

"比企谷，你的观点真的让人很火大……让人很火大……很火大。"

"怎么都是火大。"

"算了。好，马上到了。"

下高速行驶一会儿后，平冢老师把车停到了停车场。

"好，这边，比企谷。"

我在平冢老师的指引下步行了大约五分钟。到达目的地的时候，平冢老师扭头看向我。

"到了哟。"

"等一下，老师。你说要去另一家看看，莫非……"

"嗯，就是这里。"

面前的这家店看着有些眼熟，跟刚刚那家店十分相像。

我看了看招牌上的文字——日本第一辛味拉面蒙古汤面中本船桥店。

"怎么又是中本！"

我没好气地吐槽道。老师似乎早已料到，神色十分平淡。

"不是，我们刚刚才去中本吃过吧！"

"比企谷，我们确实吃过，但那是船桥的尊贵中本。"

"欸？什么意思？"

"我们还没去过锦系町的尊贵中本，对吧？"

我怎么不懂她在说什么，是因为我现在不够冷静吗？

"不不，平冢老师。这家是连锁店，去哪吃都一样吧。"

"欸？比企谷，你刚刚说什么？"

"我是说，中本不是连锁店吗，所以……"

"尊贵的中本是连锁店？"

平冢老师平静的脸上突然多了一丝愤怒。

"怎么了，老师？"

"我说你，尊贵的中本要靠店员自己动手炒蔬菜。所以即便每家店的菜单是一样的，但味道一定会有细微的差别，而这些差别正是尊贵中本的特色所在。所以，我不允许你说它是连锁店。"

"欸？不是，可那个……"

"道歉！"

"老师，那个……"

"道歉！"

"那个……"

"道歉！"

"对不起……"

收到我的道歉后，平冢老师笑眯眯地朝店门口走去。

"好，那我们进去吧。对了，比企谷，你可能不知道，尊贵的中本每家店铺都有各自的'限定'菜单，品尝限定菜品正是打卡不同店铺的乐趣所在。"

"限定吗？"

我看了看点餐机，上面的菜单布局确实跟船桥那家有些不一样。我朝店内扫视一圈，发现了一道船桥店没有的新菜品。

"这个就是限定菜单吗？北极火山的那个。"

"没错。"

说着，平冢老师按下了点餐机上的北极火山按钮。

"你来这就是为了吃这个吗?"

"没错,你要吃吗?"

"不了,我已经吃饱了。而且今天不能再吃辣了,不然会受不了。"

听到我的话,平冢老师用鄙夷的眼神看着我。

"你是不是男人,再吃一点总可以吧?"

"老师,你刚刚在船桥只点了半分吧!我可是吃了一整份,当然会吃不下了。"

我们两人在店里争执起来。

"我刚刚在车里不是说了吗?青春就是荒唐的代名词。"

"你说什么也没用,吃不了就是吃不了。"

"新人就是新人……好吧,那我给你点这个。"

老师按下点餐机上的一个按钮,把用餐券递给我。

"我把酱油凉面的面换成了豆腐,这个应该吃得下吧,你好歹是个男人。"

"这个辣度多少?"

"这是不辣的拉面,不放辣,辣度为零。"

我被这个数字惊到了。

"这家店还有不辣的?"

"船桥也有啊,你在点餐机上没看到吗?"

说起来,好像是有,但好像又没有……

"走吧。"

就在我绞尽脑汁回忆的时候,平冢老师已经坐到了吧台前。我连忙跟上前,坐到平冢老师旁边,接着把用餐券递给了面前的店员。

"顺便问一下,北极火山的辣度是多少?"

"12。"

"12？最高不是 10 吗？"

"相当于是一种超过最高数值的 BUG（错误）级别的存在吧。"

不是，有 BUG 可不得了啊。想到这里，那个困扰我许久的疑问似乎有了答案。

"老师……我想问个问题。"

"什么问题？"

"老师……你经常来中本，对吧？"

老师停下了穿一次性围裙的动作。

"不是，这是第二次啊。"

"不可能。我说中本是连锁店的时候，你反应那么大，说明你非常喜欢中本。不然，这实在太奇怪了。"

"哪有，我只是事先做了功课而已。"

平冢老师故意装作什么都不知道的样子，拿起一根不知从哪弄来的皮筋，把头发扎起来，露出雪白的脖颈。不过现在不是关注这个的时候。

"在船桥店的时候我就纳闷了，你去拿一次性围裙时的动作十分熟练。如果对店铺不熟，怎么可能这么快。"

"我只是碰巧看到了而已。"

这些或许可以用"碰巧"来解释，但接下来我要说的，绝对不是偶然。至少当中掺杂着某种特殊的情感。

"那这件事总不是偶然吧。你中途把称呼从中本改成了尊贵的中本，未免太尊敬了吧。这个你要怎么解释？"

"这就跟对初次见面的人用敬语一样啊。"

老师继续装起傻来。都到这种地步了，竟然还对自己的学生撒谎，未免太不道德了吧。

"行，这个姑且相信你。那我最后说吃不了两碗拉面的时候，你说了一句'新人就是新人'，对吧？也就是说，老师不是第一次来中本!"

面对我逻辑缜密的推理,平冢老师丝毫不为之所动。她从背包里摸索了一会儿,叫住了附近的店员。

"您好,可以帮我在积分卡上盖个章吗?"

"你看,果然来过!"

老师没有理会我,径自掏卡盖起章来。

"是老师自己说的啊,你之前不是说'有积分卡就表示来过'!"

平冢老师眯细眼睛盯着我。我实在不懂她的用意。

"平冢老师,你就承认了吧!"

随即,沉默降临。

"作为大龄女性,我不过是想吃点辛味拉面获得一点刺激感,连这你也要嘲笑我吗?"

"欸?"

"比企谷,你也要跟我那些亲戚一样,对我说'有时间一个人到处吃辛味拉面,不如多去约几次会',或者'说是辛味拉面,吃完不知道是辣还是难受'之类的话吗?"

她的表情里充满了愤怒和悲伤。

我终于明白了,原来如此。亲戚一直在嘲笑她沉迷辛味拉面的事情,并不断地指责她不结婚的行为。所以……她才想极力隐瞒自己来过的事实吗?

也就是说,我踩到她的雷区了,必须想点办法补救才行。

"那个……我也不是很懂……但我觉得,能坦诚地说出自己的爱好,这样的平冢老师也挺好的。"

"你是在大发慈悲地安慰我吗?"

"不,不是安慰……是实话。"

平冢老师先是一惊,接着又突然面露微笑。

"呵呵，比企谷可是很少说真话啊！你能这么说，我很欣慰，谢谢！"

"不，不用道谢！"

这张"满是谎言""鲜少说真话"的脸上初次流露出了真诚。

"打扰一下，酱油凉豆腐和北极火山做好了！"

这时，店员干劲满满地把拉面端了上来。酱油凉豆腐有着茶色的汤汁，搭配刚出锅的新鲜蔬菜。底下隐约能看到鲜嫩的豆腐。这简直就是一份小火锅啊。

至于平冢老师的拉面，正如"北极火山"这个名字一样，拉面高高地堆起，旁边盖有许多象征熔岩的麻婆豆腐。顶上装饰了一些看起来十分清爽的萝卜叶。看到实物我才终于明白，这道菜的辣度为何会达到 12。

看到眼前的拉面，平冢老师转了转右肩。

"果然压力一大，就适合吃点辣的。好，我要开吃了。"

说完，老师迫不及待地尝起碗里的汤来。我也跟着双手合十。

我像刚才一样，依次品尝起了汤汁、蔬菜和豆腐。汤汁不辣，但味道依然鲜香浓郁，实在令人佩服。蔬菜也像平冢老师说过的那样，可能是店员刚炒好的，味道跟之前那家店完全不同，简直不敢相信这是同一个中本做出的菜。如果说有什么共通点的话，那就是两家的拉面都非常美味。

因为分量不同，这次是我先吃完。我瞟了一眼平冢老师，她正愉快地往嘴里塞着拉面和豆芽，眼前堆起的高山逐渐垮塌。看着这副光景，我竟有种在爬山的错觉。

过了一会儿，平冢老师吃完了碗里的拉面。

"多谢惠顾！"

倾听着背后传来的感谢声，我和平冢老师满意地离开店铺。

"今天真是谢谢你!"

"哪里,我才应该谢谢你。"

后来,平冢老师开车把我送到了家附近。

"今天好开心啊!"

"呵呵,坦诚的比企谷有点奇怪呢。"

"你这话说得好过分啊。"

"不过,我倒是很希望你能坦诚地表达自己的想法。谢谢你陪我。"

可能因为刚出了一身汗吧,老师的神情变得轻松了一些。

"哎。"

驾驶席上的平冢老师突然长叹了口气。

"这突然是怎么了?明明气氛这么好,干吗突然叹气?我怎么觉得你有事要对我说。"

"没有,那只是简单的语气词。我只是在想,要是能有个你这样的同龄人就好了。"

"我这样的大人⋯⋯那一定不是什么好人。"

听完我的话,平冢老师忍不住笑了起来。

"也是啊。在公司不干活,参加酒会说各种人的坏话。老实说,确实不会是什么好人。"

咦?这时候不应该否定一下吗?我怎么感觉老师是在骂我。

"不过也没事,没必要强迫自己融入大人的圈子。按照你自己的方式生活就行啦。"

"怎么感觉你今天对我的评价出奇地好。"

"是啊,可能因为今天如愿地吃了很多辛味拉面吧。"

说完,平冢老师看向前方。

"虽然那是我打算等你毕业后带你去的店。"

"哦。"

"可以把时间再推后点吗?"

推后一点? 意思是还要继续调查拉面店吗?

"拉面单吃非常美味。但你可能不知道,它还是酒会收尾环节的最佳选择。"

"酒会?"

"等你能喝酒了再一起去吃吧。再见!"

老师愉快地挥了挥手,踩下油门,快速向前驶去。她当时的侧脸深深地印在我的脑中,若不是有年龄差……不,即便有年龄差距,我也依然会认为她的表情十分迷人,让人不禁心头一紧。

古人言,早起三分利。

而我得到的不只是三分利,还有一张无价的笑脸。

明天……也早点起吧。

我所构思的健康的隼八关系

丸户史明

"欸？什么？你学会抽烟了？"

"是啊，但也只会在喝酒的时候抽烟，很奇怪吗？"

"没，也不是奇怪……"

很奇怪，非常奇怪。实在太违和了，我甚至想一脸震惊地质问他："你都二十多岁了，不知道吸烟有害健康吗？"什么情况？我是 Conte Leonardo 吗？搞不好原作者要被我替代了。

（译注：Conte Leonardo（肯特·莱奥纳多）是日本的一个相声组合，于 1979 年成立，1985 年解散。曾经表演过父子为吸烟争吵的故事作品。）

"我还想问你呢，你不抽烟来这里做什么？"

"就是……有点事吧。"

不过，就目前而言，显然是眼前这个优质男的话更有压迫性。因为这里是居酒屋店外的吸烟区。在这个全面禁烟的时代，这里是烟民们可以尽情享受抽烟乐趣的唯一地方。

今天店铺被包场，店内喧闹声此起彼伏，我感到十分不自在，想偷偷去吸烟区躲一躲。但显然，这里不是什么好去处。

不过，平时抽烟的作家还是多注意点比较好。不然早晚有一天会随着那句"不抽烟没有写作灵感"一起，从那拥挤的房

间消失。现在虽然专门设了吸烟区，但那些家伙几乎没有任何进步。写起来吧！工作吧！定期发表吧！文字少一点也没关系！

"算了，你最近怎么样？"

"还凑合吧。"

"意思是，过得很顺利、很开心、很幸福，可以这么理解吗？"

"你把'凑合'这个词想得太美好了吧？"

"但也理解得八九不离十吧？不然你怎么会来参加同窗会。"

"那是因为我各方面的压力都很大。"

"压力这么大，看来你最近遇到的事情不少啊……但这也意味着，一切还算顺利，不是吗？"

"这只是你的个人想法吧，都写在脸上了。"

没错，正如这家伙所言，此刻我们正在这家居酒屋举办"总武高中●●届高二 F 班同窗会"。看到久违的同学，大家都相谈甚欢。

从上学那会儿起，我便十分排斥各类活动。结果这次被迫以侍奉社成员的身份参加了这次聚会。到底是哪个家伙在收到聚会通知邮件后，擅自给我回了个"我想参加，拜托了"啊？而且，干事为什么要把聚会通知邮件抄送给这么多人啊？

再说了，为什么是二年级 F 班的同窗会？这让三年级的同学颜面何存？话说回来，我三年级的时候是几班来着？所以编辑部就应该等我读完最终卷再确定交期嘛。

怎么办啊，现在别说最终卷了，第十三卷都还没出。不应该早就出版了吗？

"那你最近怎么样，叶山？"

没错，刚刚一直在吸烟区与我闲聊的正是二年级F班顶端梯队的成员叶山隼人。与我不同，他似乎一直和干事保持着联系（确实有联系）。后来顺利从大学毕业，现在是进入社会工作的第一年。

　　原本他不应该出现在这种地方……他刚刚还被班上那群家伙争抢着要名片。即便过去五年，这家伙的人气也丝毫未减。不过，这还是我第一次看到老同学在同窗会上交换名片。多年后的关系变化，以及对不同职业的态度差异如实地显现在他们脸上，实在是看不下去。耳边不时能听到有人说："哇，外企啊！""哇，银行！""创业？好厉害！""哇，制造业啊，这样呀！"……我说，职业没有贵贱之分，连这个都不懂吗？

　　在外企如果干不出成绩，很容易就会被炒鱿鱼。银行内部竞争激烈，搞不好就会被迫职。创业是破产的最佳捷径。你们不知道职业没有贵贱吗？果然还是专业主夫最强？

　　不过，姑且不提那些使用"我考研了""还没毕业"之类的免罪符的家伙，相比其他"没有任何头衔的人"，我这还算好的吧……算了，不聊这些了。

　　"和你一样，马马虎虎吧。"

　　叶山回道。不知他是否和我抱有相同的想法，一切如我所愿，我们的对话很快迎来终结。

　　"你还是那样，从来不说实话。"

　　他还是那样会察言观色，但却从不允许他人效仿……正因为很多事情都不允许效仿，我才时常对他感到恼火。不过，叶山的回答很符合他以往的作风，这种感觉莫名地有些熟悉。我苦笑着调侃了两句。

　　但是……

"跟你一样。"

"而且……你还是这么喜欢戳我的痛处。"

叶山继续说道。这番话稍微有些超出我的预期，甚至带着一丝锋芒。

"难道我说错了？你一直都是这个样子，从不提及关键的东西……不过，那时候谁也没说真话。"

"那个嘛……"

我本打算聊点无关痛痒的话题敷衍过去，但这计划很快被他粉碎。无意间想起那些不太愉快的过往，我们的表情才变得有些苦涩。这都怪原作者，总爱用那种模棱两可的语言，把所有人的心思刻画得复杂而难以捉摸。把喜欢刨根问底的读者们耍得团团转，为捉摸不透的剧情或喜或忧。

这部作品真的很烦人。

"你真的一点没变……还是那么讨厌。"

"我本来就是这么不受你待见啊。"

吸烟区烟雾缭绕，萦绕着白雾的空气顿时变得沉重起来。本想来这里获取片刻安宁，谁知等待我的却是复杂、沉重、令人倍感不快的人际关系，真是糟糕透了。早知道会是这样，我就应该逃去店外。

啊，同窗会的前三十分钟还感觉良好……美好的时光总是那么短暂。

干杯的时候，我旁边明明坐着一位天使——户冢。从高中时代开始，他的容貌、体形、声音都没有发生变化，更重要的是，没有长出浓密的胡须。可等我离开座位拿完饮料后，却发现他身边围着一群女生，还搂着他不停地喊着"呀，你一点都没变！""好可爱！"之类的。我压根没办法靠近。

难得时隔多年再见，一定有很多话想说，双方也逐渐找到过去的感觉。这时候不应该对我说"八幡……我们趁机开溜吧"，然后一起偷偷溜出店铺吗？为什么会是这样……

　　"放心吧，我也很讨厌你。这点我们当时不就已经互相承认了吗？"

　　令人恼火的记忆涌上心头，我的表情和言行也随之变得扭曲。

　　叶山似乎感应到我愤怒的气场，脸上露出了高中时代只在我面前展露过的表情。就这样，我们之间的气氛一触即发。就在我以为双方要用冷冽的锋芒相互攻击时……

　　"哎呀哎呀，这是什么情况！两人时隔多年再会，聊着聊着想起了过去的爱恨、快乐和痛苦，然后滋生出了新的感情！隼八组合回归！"

　　"哦……"

　　"姬菜……"

　　背后传来一阵兴奋的说话声，我顿时为刚刚莫名发怒的行为感到懊悔。

　　"嗯，学生时代的青涩感情固然不错，长大后的成熟情感也让人欲罢不能。看，身材魁梧，野性味更强。想要更有吸引力的话，可以穿西装打领带。拽着领带什么的，不觉得超棒吗？"

　　"哎呀……"

　　"啊哈哈……"

　　"开玩笑啦。哈罗哈罗，比企谷，最近还好吗？"

　　"马马虎虎吧……"

　　我回道。海老名正笑容满面地盯着我们。这家伙跟五年前一样……如果非要说有什么变化的话，那就是把目标从男生扩大到大叔的范畴了。

"那、那个，姬菜，你来这里做什么？"

"啊，那个，就是感觉有点醉了，想出来呼吸一点新鲜空气。啊，你看，都流鼻血了。"

说着，海老名用手帕擦了擦脸，像是在强调自己确实身体不适。哎呀，可是，你的鼻血是刚刚喷出来的吧？

"然后，大家发现隼人不见了，开始议论纷纷。我也是顺便出来找他的……"

"哦，这样啊。已经过了这么久吗？那我该回去了……"

"不过没事！对我来说，养眼……不对，我不能剥夺你们两人之间的美好时光！"

"不是，那个……"

这家伙明明说自己不舒服，这边却强硬地想让叶山留下。还掏出手机，用摄像头对准我们两个拍了张照。

"放心吧，我会告诉大家，比企谷喝醉了，在外面吐得昏天黑地，隼人正在好心照顾他。这样大家就不会出来找你们啦。"

"都说了，那个……"

这样我反而更不放心了啊。难得抹除了自己的存在感，这样岂不是跟高中时代一样，大家的注意力都集中到我身上了。

"就这样，你们继续慢慢交流感情吧，至少接下来的半个小时不会有人出来。先走啦！"

"啊！"

"啊！"

海老名抱着天大的误解（但在她眼里是真实），打开店里的推拉门，快速溜进了店内。

"……"

"……"

剩下两个男人一头雾水、不知所措地呆站在原地……

话说，这局面该如何收场？海老名真是五年来一点没变，还是那么爱胡乱幻想。

为什么要创造出这样一个油米不进的角色啊，这种家伙根本当不了偶像，也没办法担任女主角吧？到底是谁写的推荐文啊？

× × ×

"你也要抽烟吗？"

"不，不用了。我没抽过。"

"是吗？看来我也该戒烟了。"

"我倒无所谓。"

"没事，本来我也不是经常吸烟。"

"是吗……"

沉默并不能替我们传达彼此的想法，我们也总不能一直这么默不作声地呆站着。没办法，我们只好秉承日本人的美德，继续闲聊起来。

我们都在小心摸索，相互试探对方的反应，用一些无关痛痒的话题拉开彼此的距离，尽可能快地结束话题。为此，我们不能像刚刚一样轻易激怒对方，万一气氛再次变得紧张，那可就糟糕了。

"说起来，海老名竟然开始称呼我为比企谷了。"

"嗯？以前不就是这样吗？"

"不，以前都是叫我比取谷……你开始也是这么叫的吧？"

"啊，那个啊……"

就这样，我把这当成最后的谈笑，绞尽脑汁，尽可能聊一些无关紧要的话题。

"话说，是你把'比取谷'这个名字传出去的吧？明明可

133

以立马改口的，结果搞得那些家伙都这么叫我。"

我当时稍微有些在意这件事，但也只是一点点。事到如今，这应该成了一个无关痛痒的笑话，或是无人能记起的尘封往事……

"是因为那个，你的名字太难念，我也是没办法……"

"你肯定是故意的吧？"

"喂……"

但我"稍微在意的心理"此刻莫名地开始作祟。

"你知道的，我从来不会故意叫错别人名字。"

"且不说现在，至少当时并不知道……"

"但现在知道了吧？"

"这个嘛……"

没错，依照叶山隼人的性格，他绝对不允许自己犯这种低级错误。哪怕对方对他来说是无关紧要的人。不……不对，越是不重要的人，就越不容许自己犯错。因为这家伙的人生信条是"对一切生物怀有同等的爱和慈悲"。

"'比取谷'不是外号，也不是什么爱称或昵称，只是单纯读错了而已。大家只是跟着我读错了，绝没有要欺负你的意思。当然，如果你非要说他们欺负你，那我也无法反驳。"

"得了吧，事到如今，谁还在意那种事。"

"这么说当时很在意？哪怕只是一点点？"

"你今天好奇怪啊……"

这样岂不是跟以前……五年前的立场相反。

不，不对。自打"那家伙的家庭"问题显现后，我们的立场便发生了转变。

"再说一遍，我就是故意的。我知道其他人会效仿我。我承认，我确实怀有恶意。"

"别说了。还有，今后别喝酒了。今天的事情就当没发生过吧，我也会忘了的。"

"不，我可忘不了……喝酒这方面，我在大学已经得到了充分的锻炼。"

这迷糊的模样，怎么看都不像是锻炼过吧。这家伙在大学绝对上了"绝对不喝酒的学长"名单，也绝对不会独自一人前去参加酒会。

再说了，施虐方一般不会刻意记住这些琐事。若是问起，他们大多只会装傻，惹得人更恼火。这家伙为什么都记得？

"叶山，你到底想做什么？想要我揍你一顿吗？"

我揍完后，你恼羞成怒地说"都说了让你适可而止"，然后开始还手。我们扭打成一团，拉扯一会儿后，突然同时笑出声。最后搂着肩膀大笑起来——想朝着这种青春剧或是偶像剧的剧情发展吗？话说，那是昭和时代的老套剧情吧？现在连平成都已经是过去式了哟。

"没有，只是有一句话我必须要说出来……"

但这家伙没有回避，用深沉而坚定的目光看着我。

"那就是，我当时真的打心底讨厌你。"

这个曾经在我面前扬言说"要一直扮演叶山隼人"的家伙……为何唯独不愿在我面前戴上完美的假面？

"都叫你别说了……我再大度，也没办法包容你这样强烈的恶意啊。"

当时的我被迫要做出很多决断。我故意接受他人的恶意，逼迫自己向前。但我这么做有明确的目的……

"嗯，我知道。你比别人预想的还要敏感、胆小、善良。"

"既然如此……"

"但我知道，无论你怎么受伤，都不会屈服。你会靠自己的能力去克服困难，然后再次向前。"

都说了，为了那个目的，我会咬紧牙关，坚持到底……

"那也是为了守护重要的事和人。"

"这有什么错吗?"

"我又没说有错。只是不喜欢而已。"

说起来，这家伙以前也露出过相似的愤怒表情。当时他还质问我"为什么非要用这种方式解决?"

"因为其他人……至少我绝对不会这么做。"

这是对我采取的拙劣行为的纯粹否定……

"听你的语气，你只是在嫉妒吧?"

"嗯，没错。"

"你竟然承认了……你真的是叶山隼人吗?"

"因为你从来不嫉妒我，也从来不羡慕我，对吧?"

即便是因为喝了酒，导致过往的记忆产生错乱，也不至于这么离谱吧?

"但我讨厌看到班上那个特立独行的你，讨厌看到那个平淡接受一切的你。你身上有我渴望却永远不可能得到的东西，这样的你让我感到恶心。"

如果说这家伙今天的话语里不含一丝真意，那我可能再也没办法相信旁人。

× × ×

"来……给我一根吧。"

"你不是不抽烟吗?"

"应该跟喝酒差不多吧，干吗问这种蠢话。"

我瞪着叶山说道。他并没有被我的气势吓到，只是默默地掏出烟盒，递到我面前。我从中抽出一支，他则自然地把打火机点燃，凑了过来。

他的这番行为跟以前的叶山隼人没什么两样。但我从来没想过，有一天能跟叶山隼人一起抽烟。一股莫名的违和感在我的心中挥之不去。

这是什么情况？什么情况？

"呼啊……"

"最好别吸进肺里，毕竟你是第一次抽。"

"你吵死了。"

叶山边为自己点烟，边用半担忧半想笑的表情看着狼狈不堪的我。充斥着肺部的烟雾不断地刺激着我的支气管。这时候要是咳起来，未免太丢面子。我只能强迫自己吞下烟雾，然后再一口气吐出来。

这样会搞得一身烟味吧……那家伙应该知道吧？

"你现在真是不像话了。"

"是吗？"

我逐渐习惯了烟的味道，心情也逐渐平复。与此同时，我对过往遭受的种种刁难所燃起的怒气逐渐化作困惑，支配着我的大脑。

"面对久别重逢的老同学，竟然在这里扯一些无聊的往事，是打算用吵架的气势对我说教吗？而且还是在酒会上……你简直就是个讨人厌的大叔。要是再秃一点就完美了。"

"那我求之不得，我的梦想就是当一个不起眼的普通大叔。"

叶山似乎也冷静了一些，他不再像刚才那么冲动，说话变

得理性了一些……不，甚至有了一丝嘲讽的意味。

这家伙怎么回事，对我的敌对态度真是丝毫没变啊。

"随便找个人结婚，随便找份工作，闲时打打高尔夫，去孩子的运动会上录像，顶着妻子的怒骂声躲在阳台抽烟，在酒会上跟下属打成一团，一聊到孩子的话题，就会变得异常话多……我想成为这样的人。"

我特别能理解叶山所说的梦想……前提是不工作的话。

但是……

"那我换个说法……不管是过去还是现在，你都很不像话。"

我好不容易燃起的怒火，岂能如此轻易地熄灭。

"丝毫没有成长，目光依然短浅，总是一副高高在上的样子。为什么前提是结婚生子啊？为什么要在酒会上跟下属打成一片啊？你什么时候升职了吗？少在这用上司的语气说话，你个混蛋。"

我难为情地在心中嘀咕"哇，我也好没素质"，但说出去的话已经没办法收回了。

"不管是过去还是现在，你都可以成为你想成为的人。只要你想，你绝对能成为一个无趣的大叔。"

不仅如此，后面的话我也没忍住。我就像个在联谊会上崩溃的大学生，滔滔不绝地倾吐着自己内心的想法。

"但你肯定不会去做，也做不到。你会用无聊的借口不停地劝自己放弃。"

但叶山没有打断我的话，只是冷静地倾听着。

"我敢保证，你绝对不会成为无趣的大叔。你怎么可能会甘心成为一个不起眼的人。"

现在想起来，或许这家伙一直在期待我说出这些。

"你刚刚说我从来不嫉妒你，对吧？那是当然啊。我有必要嫉妒你这种无聊的家伙吗？不管是现在还是以前。"

也就是说，我上当了……

"你真的真的……很不像话。"

"具体指哪些方面？"

"你察言观色的方式很奇怪。你不想伤害周围人，也不想破坏任何事物，你太执着于维持现状了吧？"

"维持现状有什么不好吗？"

"为此，如果只是压抑你自己，那倒没什么。但你总想着压抑他人，比如户部、三浦。"

"哦，还有这种事吗……"

"事后你又开始懊悔地道歉，这更让人反感。你就是个当不了坏人也成不了好人的混蛋。"

不知是受到了酒精还是香烟的刺激，还是受到了沉重气氛的影响……在叶山的催促下，我跟这家伙一样，逐渐变成了一个说教的大叔。

"啊哈哈，无所谓……我确实是个什么都做不好的混蛋。"

面对我的怒骂，叶山没有生气，反而饶有兴致地看着我，用调侃似的语气催促我继续。

我果然……上当了？

"那么做到底有什么乐趣？你有钱，长得又帅，应该想办法满足你的一己私欲啊。作为顶层人士，应该展现一下你腐烂的本性啊。比如当个道貌岸然的大学生，素日备受尊敬，某天却因为犯罪被捕，这才是人生赢家吧！"

我像是上了发条一般，滔滔不绝地倾吐着内心的想法，怎么也停不下来。连我自己都被吓了一跳——我说的话未免有些

太难听了吧。

"喂，比企谷……那你觉得，我应该怎么做？"

叶山的面具彻底被撕毁，也许他的内心也非常不是滋味吧？他忧伤地别开眼。

"我是问你……我该怎么做？"

"我怎么知道？自己用一辈子思考去吧。"

"也是啊，你向来如此。"

他这些略显老套的动作依然会让人觉得美如画，而这也正是他毕生想挣脱的枷锁。

"我之前说过，对吧？如果我们小时候同班，'她'会变成怎样。"

"啊？那个，有这回事吗……"

"……"

"好吧，确实有，我还记得。能不能别这么挖苦我！"

我也是这一刻才发现，朝上空缓缓吐出烟圈的动作可以无形中给对方施加压力，还真是方便。

"我之前说过，如果是这样，'她'是否会改变、是否会得到救赎……啊，事到如今，聊这些或许会有些失礼。毕竟正因为她经历了之前的人生，才会有现在……"

"没必要故意找这种话题来刺激我吧？"

麻烦你别再提最终卷的剧情。这就是为什么要让作者在读最终卷前截稿。

"但即便如此，我们最终也无法改变什么……这个你没想过吗？"

"我才懒得想，麻烦死了。"

"即便我不愿扭曲自己，极力让周围维持原状。哪怕你不断扭曲自己，甚至不惜改变周围环境。即便我无视了很多人的心意，哪怕你只想把特别的感情留给特别的人……到头来，我们也还是一样的狼狈。"

"你到底想说什么？"

"我想说的是，不管我们在不在彼此的世界里，我们都是毫无关系的陌生人……"

"那是当然。因为我对你没兴趣。"

"当着我的面说这种话，我也是会生气的。"

"明明是你先说的，你好意思讲？"

啊，真是的，受不了……这家伙今天真的很烦。是因为还没习惯现在的工作吗？怎么感觉这家伙得了五月病，没事吧？都说人生太过一帆风顺的人，只要稍微受点挫折，就会变得很脆弱。拜托了，千万别告诉我"这是我跟他最后的对话"。

（译注：五月病是一种季节性情绪障碍，主要发生在春夏之交，特别是五月份。）

×　×　×

"来，喝罐啤酒吧。"

"谢了……"

我去附近的便利店买了几罐啤酒，将其中一罐递给了叶山。他略显难为情地接了过去。拉开拉环的瞬间，罐子发出一阵碳酸气体冲出的声音。我们撞了撞罐子，豪爽地仰头喝了一大口啤酒，随后满足地长吐了一口气。我们两个的行为像极了那些无聊的中年大叔。

话说，在居酒屋外喝罐装啤酒会影响人家生意吧？而且，二十多岁的青年男性一般不会站在屋外边喝啤酒边聊天吧。我们到底在干什么啊？

"你先回去吧，不用在意我。"

"没事，反正那里也没有我的立足之地。"

我们刚刚的对话没有任何实质性的意义，只是不停地否定对方而已。但我们又能在双方对骂起来之前适时刹车。反复如此。

"是吗？我倒觉得应该有很多人想找你聊天。尤其是部分女生……"

"我哪里比得上你。想回去的话，你先回吧。"

"现在不行……要变回平时的我，还需要一点时间。"

"那随你的便。"

这次没有演变成对骂的局面，主要还是因为我基本很少见到"像这样无精打采的叶山隼人"……说直白点，我只是有些放心不下。

没错，他绝对不是因为担心自己回去后，被老同学发现自己变得跟以前有些不一样。话说，他这个理由真的好烦。

"不过，冷静下来想想，现在的我们真是弱爆了……这种场合比较适合小静吧。"

"嗯，我们联系了她，但她说今天刚好要去参加朋友的婚礼。"

这么多年了，怎么她还是被剩下的那个。就像是参加了一场马拉松大赛，明明约好了一起到达终点，结果朋友却突然提前结束比赛……不对，应该是一起约定"永远不抵达终点"的朋友。不过没差别啦，反正都一样糟糕。

"说起来，老师还是很关心你的状况呢。顺带一提，她最近……"

"算了吧，后面的我不想听。"

因为直觉告诉我，不管是幸福还是不幸，她终会因为深受打击，变得一蹶不振……我怎么会有这种感觉？难道她是那种时隔五年再会，冲动地抛弃亲朋好友，跟男方一起私奔去国外的女主设定？

不知是受气温还是受思绪的影响，我突然感觉周身涌起一阵寒意。我暂停与叶山的对话，拿出手机发起信息来。叶山也配合似的看起了自己的手机。

×　×　×

就这样，在接下来的一小段时间里，我们各自默默玩着手机。对我来说，这种状态即便称不上幸福，那也可以算得上惬意。唯独跟以往不同的是，手机上有了可以随时联系的对象，而且时常是同一个……

"她还好吗?"

过了一会儿，叶山似乎厌烦了这种状态，用自言自语似的语气冷不丁地抛来一个辛辣的问题。

"这个嘛，小町那家伙最近一直在努力磨炼最强妹妹的技能，现在几乎能达到国民妹妹的程度了。但她表示这辈子都只是哥哥的妹妹，甚至拒绝了五年三十亿的报酬，坚决表示要留在我身边……"

"我没空跟你扯这些没用的。不想说就直说好了。"

"你开什么玩笑，小心我宰了你。"

小町进入大学后，在同学的推荐下参加了选美大赛，最后顺利夺得冠军。她本人明明想留在千叶电视台，却偏偏被东京电视总局安排担任上午的天气播报员，因此荣获"比企包子脸"的称号，最后嫁给了职业棒球选手……等待她的可是这种噩梦般的未来啊，这家伙什么态度……

要是千叶罗德海洋队的队员，我或许还能接受……不行，

作为哥哥，我还是无法接受，怎么办？

"参加个同窗会都还要抽空发消息，看来一切很顺利。抱歉，我不该问一些多余的问题。"

"顺不顺利不知道，我只知道，这个话题会让你满腹牢骚。"

"那她说什么？"

"她说发个合照给她看看。看来她最近很需要一些笑料。"

"要拍吗？"

"不拍！"

难道没看出来我很恼火吗？竟然还故意趁机挖苦我，这家伙真是……

早知道是这样，我不如躲在喧闹的人群中，当一个不起眼的孤僻男，那样不知有多轻松。

"不过，我之前一直有个问题想问你……"

"她很好。不管你问的是谁，我的回答都一样。"

我可不想再被他各种挖苦……

"所以，你到底是姐姐控还是妹妹控？"

"……"

我也适时地察言观色，搬出了一旦使用便会让对话当场终结的最终武器。这样他或许可以消停一会儿，甚至可能再也不说话。

"……"

叶山狠狠地吸了几口烟，随后又长长地吐了出来。

"……"

这次他举起手里的啤酒罐，仰头把剩余的一点啤酒慢慢喝干。

"干吗不说话啊，你该不会想说你是妈控吧？"

"……"

这时，叶山的烟已经抽完，啤酒也一滴不剩。他拿出烟盒，试图再抽出一支烟，然而烟盒空空如也。他倍感懊恼，不甘地握紧拳头。百无聊赖地等待片刻后……

"你的性格还是这么卑劣！"

"多谢夸奖，甚感惶恐！"

叶山的声音里透出了前所未有的焦躁……

滑过喉咙的啤酒突然变得前所未有的香醇。

× × ×

"所以，我还是没办法认可你……明白吗？"

"你今天是怎么了？现在的工作不顺心吗？"

"我对现在的人生很满意。只是跟你聊天的时候，不自觉地想起了过往的伤痛，心情莫名地变得不爽而已。"

"是你先来找茬的，我还一肚子火呢。能不能给我适可而止，你个混蛋。"

两个男人站在居酒屋门前，有一搭没一搭地争吵着。地上散落大量的空啤酒罐，完全就是在妨碍人家做生意。最好的证据就是，这期间没有一个新客进店。啊，不对，这里被我们包场了。那我们来这里做什么？啊，我们是来参加同窗会的啊。

起初我以为自己喝的是普通的罐装啤酒，现在从地面凌乱的罐子来看，好像喝的是加强版的罐装烧酒苏打水。待会儿要是烧酒上头的话，可就没办法去坐车了啊。不，现在就已经不行了。

"再说了，明明是我更讨厌你，为什么还要跟我说那种蛮不讲理的话？要说也应该是我说吧？"

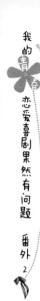

"你这才叫蛮不讲理吧？我只想跟所有人和睦相处，实际也确实做到了。可为什么你打一开始就那么讨厌我……"

"当然讨厌啊。像你这种打着协调的旗号，自以为是地操控他人的伪善者，我有什么理由喜欢？啊，还有，你长得也很讨厌。你这张故作清高的脸让人反感。"

"哇，你变了呢，比企谷。高中时代的你可不会说这种话。"

"我只是因为那时候没朋友，没机会发挥而已。你这么多朋友，却一次也没说过吧？你这种耍帅的行为也让人无比反感。"

"什么啊，难道非要成天满口脏话吗……"

这家伙搞得跟纯洁高中生或是花心老大叔一样……虽然我也是前者。不过能听到这家伙说出至今为止从未说过、这辈子也绝不可能说出的脏话，还能站在一起边吞云吐雾，边有一搭没一搭地闲聊，只能说我们都喝醉了。

所以这是什么情况？我和叶山什么时候变成了互吐心事的关系了？还是说，我们都是纯洁高中生或是花心老大叔的属性？欸？

话说回来，怎么感觉我们的话题一直在循环？有吗，还是没有？

×　　×　　×

"啊，真是的，我还是回去吧。在这里实在是待不下去！"

"你不是说里面没有你的立足之地吗？"

"至少比这里好啊！"

记不清第几次口吐恶言后，我摇摇晃晃地起身……话说，开始还是站着喝的，怎么聊着聊着蹲下了？我俩太奇怪了。

"这样啊，那今天就聊到这吧。"

"不只是今天。以后也不会再跟你喝酒了……同窗会什么的，下次再也不参加了。"

今天的我们不是"单方面被碾压"，纯粹是两败俱伤。我丢下这句话，摇摇晃晃地转身，向右走去。

反正就算我醉醺醺地回去，也不会有人理会我。接下来只要找个角落睡一觉，等解散的时候，让店员来叫醒我就行了。

说来实在丢人，这算是最失败、最狼狈的一次喝酒经历了吧。但这也是无可奈何的事情。

"不，不只是同窗会，其他活动也不会再参加了。比如同学婚礼的回门宴什么的。"

"说到这个，到时你应该是请客方，而不是客人吧？"

"都说了这种事情很多余！所以我绝不会参加，也不打算举办！"

一切的元凶是跟这家伙产生了交集，所以我只能切断问题的根源。只要今后不跟这家伙产生交集就行。

"意思是……这是我们最后一次谈话了吗？"

叶山坐在地上，低着头，嘀咕道。他的态度和行为莫名地透着一丝寂寥感，可能是因为被我看穿了真面目吧，但我不想再去猜测他的本意。

"没错……啊，但是，你的葬礼我会出席的。反正那时候不用跟你说话。那就让我们三十年后见吧。"

"三十年后……那我未免太短命了吧？"

"那就一百年后吧。"

"你到底打算活到多少岁？"

"我毕竟是专业主夫，没有压力的话，自然能活很久。"

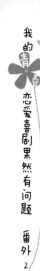

像往常一样……即便不再相见，哪怕许久未见，我们也还是一如既往地否定彼此。

"哪怕到最后一刻，你也还是那么讨厌。"

"彼此彼此吧。"

"嗯……那就一百年后见吧。"

"嗯，再见！"

就这样，做完最后的道别后，我们结束了谈话。我转身背对着叶山，朝着喧闹的聚会场地走去。这家伙过一会儿应该也会回到店内吧，但那时候我们不会有任何语言或是视线的交流。叶山不管喝得多醉，都会强迫自己维持领导者的体面。而我不管有多想和他们交流，最终也只会被当成路边的石头看待。

在叶山的带动下，同窗会很快会再次热闹起来。那家伙肯定会被拽着继续前往下个场地。我还是直接回去吧……回到那个人等待的地方……

"好，那先这样，辛苦了！"

"别落东西了哟！"

"还能续摊的来这边。"

"好！"

"好！"

就在我准备打开店门的时候，门先开了。伴随着嘈杂声，里面的人陆续走了出来。

"哟，隼人，还有比企谷也在啊？"

"我说你出来这么久……这些空罐子是怎么回事？在外面喝得挺嗨呀！"

"我们看隼人一直没回来，都提前收场了呢。"

在团体中占据领头位置，负责现场安排的三个家伙注意到了路边垂头丧气的叶山，朝这边走来。

这三个人正是五年前在叶山阵营中相对不起眼的三个笨蛋，茶部、大和还有大冈……啊，抱歉，不是茶部，是户部。

"收场了？这么快？"

"还快？你看看时间吧，隼人。马上过零点了。"

"欸？不是吧，完全没在意。"

听到户部的话，我慌忙看了看手机上的时间，指针刚好指向零点。

欸？什么情况？意思是，我跟这个家伙单独聊了近四个小时？难道我也喝醉了？好像确实是喝醉了。要是把"×××"期间聊的内容也全都写出来，那得要多出多少页的内容啊。

"户部，他们交给你了。我还要带其他人去续摊。"

"我去帮他们拿行李，拜托了！"

"糟糕，这两个家伙怎么醉成这样！你是故意把他们塞给我，然后趁机逃跑吗？"

我和叶山呆呆地望着三人熟练分工的样子。在高中时代，若是没有叶山，这三人不敢对任何事情下决断。如今却已经能轻车熟路地主持同窗会……至少在收尾和引导续摊方面简直无可挑剔，甚至还能照顾叶山（还有我）。看来他们也成长了。

看着异于往常的光景，突然觉得五年是一段很漫长的时光。我和叶山露出无比感慨的表情，如同看到孙辈成长的健忘大叔。虽然得了健忘症的人很容易忘事。

"喂，隼人，还站得起来吗？"

"啊，嗯……"

在户部的搀扶下，叶山摇摇晃晃地站了起来。他身上似乎少了以往那种坚实可靠的感觉……嗯，五年真是一段残酷而又漫长的时光。

"嘿哟……比企谷能自己走吗?"

"啊,嗯,我勉强还行。"

"那麻烦你扶着隼人的另一边……"

"我才不要。"

"啊,也是,你一直都是这样。"

于是,户部边发着牢骚,边像大哥一样搀扶着叶山。他悉心照看叶山的同时,还不忘偶尔确认我的情况。看到这一幕,我越发觉得,叶山的领导力不如从前了。

"不过,今年你们两个好像聊得挺愉快啊?"

"怎么可能愉快……"

"糟糕透了……"

不知是否为了调节气氛,户部用调侃的语气随口点评了一句。我和叶山神情苦涩地予以否认。

一阵苦酸的味道在喉咙深处蔓延开来,我强制地将其咽了下去。我得赶紧去便利店补充点姜黄素,不然情况会很不妙。不,现在不是担心宿醉的时候,这可是紧急事态。

"你们在瞎说什么呢,这五年来你们每次都是这样啊!"

"我可不记得有这事……"

"同意……"

我压抑住翻滚的胃液,故作轻松地对他们说:"我自己可以的,你们先走吧……"但户部这家伙依然很不会察言观色,继续说起了一些不合时宜的话。

"因为每年的同窗会上,你们两个都会同时消失,然后又因为一些莫名其妙的理由大吵一架。"

"都说了,不记得有这种事……"

"你能不能闭嘴……"

"然后，隼人嘴上说着明年不举办同窗会，到头来还是会举办。比企谷也是，不喜欢的话，不来就行啊。结果每年都来……你们是牛郎和织女吗？"

"我、我、我是因为迫于各方面的压力。"

我慌忙打断了户部的话。海老名要是听到这番话，绝对会激动地问："那你们谁是织女？"

"是吗？我可是花了两年时间才清除完外围的障碍。"

"你怎么也开始说些莫名其妙的话？"

方才还垂头丧气的叶山突然义愤填膺地质问起我来。没错，这是对敌人才有的态度，千万别误解了哟。

但不管怎么想都不太正常吧？有哪个高二班级会每年举办同窗会啊？不，还是算了。

然后，我刚刚感觉电线杆后闪过一道眼镜反射的光芒，就当是我的错觉吧。

"就是因为这样，今年都没有女生敢靠近隼人了。"

"那家伙只是故意拿我当挡箭牌而已吧？"

"你也不想被其他女生搭讪吧？毕竟时常被她监视着。"

"才没有，是我主动跟她汇报的。"

"你不知道吗？那种女孩子交往越久，嫉妒心就越强，相处起来就越麻烦……"

"好了好了，到此为止。剩下的去下个场地说吧，两位！"

见我们又一副要吵架的样子，户部没好气地打断了我们。

顺带一提，我们每年都要折腾到早上才回家。从第二场的卡拉OK，再到第三场的萨莉亚……

一年当中，我们有三百六十四天不见面，唯独那天，我们的关系会变得非同寻常。我不清楚今后还会持续多久，虽然我

一点也不期待。但只要还会继续，我就绝对不会输给这家伙。

"叶山，你其实很喜欢我，对吧？"

"要是我说真话的话，你肯定不乐意听吧？所以别问这种蠢问题了。"

"别回避，你好歹否定一下啊！喂！"

×　　×　　×

最后的最后，请容许我解释一下，这是最终卷出版前创作的故事。所以，那些没有确定关系的人物没有登场。

这是我所憧憬的可能性。

不管"他"选择谁。

不管"那家伙"走上怎样的道路。

"我"都希望有一天能存在这种可能。

感谢垂阅。

🖋 果然有妹妹就够了

渡航

楼下的窗户被风吹得不住地摇晃。

我暂时停下前往活动室的脚步，朝窗外看了看。迟开的樱花像是不舍与春离别一般，轻盈地跳着离别的舞蹈。

眼下已过四月半，即将迎来熏风送香的季节。高中最后的春天即将结束。不，不只是春天，各种事情都将迎来终结。还有一年我就高中毕业了。距离高考还剩不到十个月。如果要参加全国性的高考，那就还只有九个月的时间。嗯，非常糟糕，这是什么情况？完全没时间了啊，真的非常糟糕。

一想到高考，我便手足无措，总害怕许多事情来不及。我的大脑知道现在必须学习，可身体怎么也不听使唤。哎，这就叫口嫌体正直吧……呜呜！好无奈！

但是，我的身体再任性，也总不能什么都不做。正式高考难度很高，我多少得做点准备。

于是，放学后，在前往活动室前，我先去了一趟志愿指导室，随手收集了一些预备校的宣传手册。反正社团每天闲得慌，我有的是时间去思考，刚好用来打发时间。等等，我不应该用这些时间来学习吗？

我严肃地思考了一会儿，随即拂开混乱的思绪，将手放到

活动室的门把手上。

推开门，熟悉的光景映入眼帘——用熟练的手法泡着红茶的雪之下雪乃，从包里拿出脆饼放到盘子里的由比滨结衣，以及不知为何坐在她们对面，撑着下巴玩着手机的一色伊吕波。一色的存在虽有些打破日常，但这也是常有的光景。

唯独跟以往不同的一点是，一色的旁边坐着我的妹妹比企谷小町。小町穿着崭新的制服，边哼着歌边擦着桌子。她摆好雪之下和由比滨的杯子，接着又拿出一个新纸杯，乐此不疲地忙活着。

看来在新部长的带领下，侍奉社已经开始启动新的体制。红茶的香味还会持续下去，终有一天，小町会变成那个泡红茶的人。话说回来，一色来这里做什么，是来喝茶的吗？

听到开门声，一色扭头看了过来。

"啊，学长，你好慢呀！"

一色做作地鼓起脸颊。"是是，抱歉。"我随口敷衍了两句，朝着自己的固定位置走去。

"阿企，呀哈罗。"

"下午好！"

由比滨朝我挥了挥手。雪之下则开始往我的茶杯里倒红茶。"下午好，辛苦了！"我简短地打了个招呼，拖出座位下的椅子。

雪之下端起飘着热气的茶杯，准备放到我面前……下个瞬间。

"啊，雪乃姐姐，等一下。"

小町打断了她。

"欸？有、有什么事吗？"

突然被叫住，雪之下一头雾水。小町露出略显歉意的笑容。

"现在给哥哥有点早了。"

"欸、哦……确实，比企谷目前可能很难理解红茶的味道。不过，降低他一个人的红茶质量似乎有些不好……"

说着，雪之下朝存放红茶的位置瞟了一眼。

"嗯……这么说，你们专门为哥哥准备了便宜的红茶……"

小町露出微妙的表情，像是在说："不愧是雪之下姐姐……"不过，红茶的味道对我来说都差不多，雪之下这么做倒也合理。竟然能为我准备专用红茶，我甚至有些感动。

"我指的不是味道，而是温度。嘿嘿嘿……"

"温度……啊……"

由比滨呆呆地张着嘴巴，头歪向一侧。接着像是想起什么似的，长叹了口气。几乎与此同时，雪之下也点了点头。

"也是，他比较怕烫。"

"两位理解正确！可喜可贺！"

小町笑容满面地鼓了鼓掌，随即煞有介事地摆了摆手指，开始解说起来。

"我家的人基本都很怕烫，喜欢把红茶放凉点再喝。还有，压力比较大的时候，建议用甜食配红茶哟。要是能记住这些的话，在小町这得分会很高哟。"

"这、这样啊……下次我注意点……不对，下次我会多加注意。"

"突然这么恭敬了？不过，你的心情我多少能理解！"

雪之下惶恐地抱着托盘，点了点头。由比滨则下意识地挺直了后背。坐在对面的一色却一脸不快。

"完蛋了，小米。你简直就像个小姑子……听着好麻烦，我可不想记这些。"

"唔……伊吕波学姐没必要记吧？我们对瓶装红茶没有太高要求，什么牌子都行哟！很省事吧！"

155

"不不，红茶我还是会泡的。啊，雪乃学姐，这里有开水吗？我想给小米倒点。"

"那只是普通的白开水！小町很怕烫，还是算了吧！"

见一色想伸手拿水壶，小町慌忙制止了。见状，我伸手端起还冒着热气的茶杯。家是家，社团是社团。有些东西只能在这里尝到。我吹了吹冒着热气的茶水，小心地啜饮了一口，接着嚼起了脆饼。

"嗯，好好吃。茶水和茶点都很好吃，怎样都行啦……"

我轻吐了口气，小声嘀咕道。坐在同一排的雪之下和由比滨相互看了一眼，嘴角露出了一丝笑意。

"怎样都行才是最头疼的哟……"

"确实。"

两人微笑着吐槽道。不知为何，对面两个人开始窃窃私语起来。

"出现了，做作的样子……"

"不过，我哥哥一直都是那个样子……"

刚刚还聊那么大声，这会儿却神色微妙地凑在一起说起了悄悄话，期间时不时朝我投来冰冷的目光。我感到有些不自在，装模作样地翻开了预备校的宣传手册，像极了在家看报纸的古板老爸。

"阿企，那是什么呀？"

由比滨一脸不可思议地看着我说道。

"刚刚在志愿指导室拿的，要看吗？"

我顺手递去几本手册。由比滨接过去，兴冲冲地看了起来。雪之下探过头去，饶有兴致地看起了上面的文字。

这些手册、资料什么的，在网上也随处可见。但纸质资料的好处就是，可以跟朋友一起翻看并讨论。

一色和小町也慌忙伸手表示想看。我把桌上的手册推了过去。一色大致扫了一眼，唉声叹气地说道："哎，已经开始准备高考了吗？真是不容易啊。"

"说得好像跟你没关系一样……你明年也要考虑这些吧。"

我话音刚落，旁边接着传来某人沉重的说话声。

"就是啊，我现在可头疼了……"

扭头一看，由比滨正神色严肃地看着宣传手册。过了一会儿，她长叹了口气。

"我到底想做什么呢？"

"好沉重啊……"

不过，这倒很符合由比滨的性格。我一般只考虑要不要去考上的学校……

由比滨神色严肃、念念有词地对比着手里的手册。雪之下似乎有些看不下去，用温柔的语气说道："选什么大学不一定就能确定未来走什么路，不用想这么复杂哟。"

"嗯嗯……话虽如此……可我还是很烦恼……"

由比滨"哇"地抱紧了雪之下。雪之下边嘀咕着"太近了"，边拿出笔记本电脑，开始在网上调查起来。

"先调查一下你想去的大学和专业吧……"

雪之下和由比滨靠在一起，饶有兴致地调查起了大学的信息。看到这一幕，小町满意地点了点头，随即扭头看向一色。

"伊吕波学姐有想去的大学吗？"

"唔……有名的大学？比如青学、上智、立教之类的？"

"哇，好厉害！原来你想去这些学霸云集的学校啊，虽然这说法听起来有些不聪明的样子！"

"啊？反正大学又不用学习，管它学霸多不多。选个时尚可爱的学校比较重要吧？"

"哦哦……小町突然有些瞧不起伊吕波学姐了……不过反过来想，这样也挺酷的……"

听到一色自信满满的发言，小町惊得目瞪口呆。说实话，我也被吓了一跳。伊吕波这家伙还真是个彻头彻尾的外貌主义者。

不过，会思考是好事。我每次去全家便利店的时候，都会思考要不要去帝京平成大学，毕竟那里有驾校集训班……真的，他们的宣传广告给我留下了深刻的印象……现在满脑子都是那条广告，已经到了半洗脑的程度。

然后，我旁边也有个从其他层面上被洗脑的家伙。

"知名度、知名大学、时尚……"

"由比滨，别被影响了，要坚定自己的选择哟。快停下，别搜什么 intercollegiate（校际合作）、all-round circle（多社团）之类的词了，完全不明白什么意思。我都开始为你担心了。"

说着，雪之下从由比滨手里夺过笔记本电脑，递到我面前。好，干得好，雪之下。我也非常担心由比滨的状态，连忙关闭了她打开的搜索框！

我瞪着一色，用眼神警告她不许再胡说八道。为掩饰尴尬，一色故意咳嗽了几声，把话锋转向小町。

"小米呢？你有没有想过将来考哪所大学？"

"小町想等哥哥落榜后再做决定！"

"欸……前提是我落榜吗……"

小町露出无敌可爱的笑容，元气满满地做了个胜利的手势。听到妹妹这番无情的发言，我沮丧地垂下肩膀。不过，从哥哥的失败中汲取经验是妹妹的特权。就让我用失败为她铺路吧。

"小町还早，到时自然会考虑吧……"

我苦笑着说着。由比滨和雪之下也点了点头。

"嗯，小町，你才高一呢。可以尽情玩个够哟！"

"这时候应该劝她好好学习吧……"

由比滨将双拳举到胸前，神色严肃地说道。雪之下疲惫地叹了口气。

"不说小町了。一色呢？你的成绩真的没事吗？"

"我吗？哎，还好吧。我打算走指定校推荐……"

（译注："指定校推荐"需要先提交资料给大学审核，通过大学面试即可入学。）

"哇，指定校推荐？那不错啊！"

小町激动地鼓起掌来。一色见状，得意地挺起胸膛。

"嘿嘿，我这个学生会会长可不是白当的。小米要不也试试？毕竟你也不太聪明。"

"哇，说什么呢，这家伙真的好过分……不过指定校推荐确实很有吸引力，小町也去当学生会会长好了。今年选举拿下。"

"哈哈，这是胜券在握啊！"

"好期待今年的选举呢，呵呵！"

一色哼笑了一声。小町则露出意味深长的微笑。本以为两人会静静对峙片刻，谁知一色突然收起笑容。

"欸？等一下？你不会真去参加选举吧？前辈们要是支持小米的话，我会受打击的……"

"那可不好说哟……对吧，哥哥？"

"你会怎么选呢，学长……"

小町露出无比治愈的笑容，用撒娇似的声音说道。一色用颤抖的语音说完，小心翼翼地看向我。

"哥哥！"

小町做作而又天真的声音充满了元气，闪动着耀眼光辉的眼眸中写满了信任，歪头的模样好似可爱的小猫。种种表现像

果然有妹妹就够了

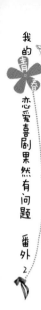

是在暗示我，绝对不能辜负她的期待。

"学……长……"

一色谄媚地嘟着嘴，用夹杂着温热吐息的声音热切地喊出了我的称呼，同时用湿润的眼眸抬眼看着我。纤细的手指在微微颤抖，捏紧制服胸口布料的动作，像是在默默祈祷。

妹妹和学妹之间，到底选哪个？面对这无声的质问，我倍感压力。但身旁很快传来另一种截然不同的压力。我朝旁边瞟了一眼，雪之下和由比滨正鄙视地看着我。

"……"

"……"

能不能说点什么？札幌雪祭的雪人像都没你们冰冷啊。

我知道，不管我选哪个，都不会有好结果。我只好"啊哈哈"地干笑了一声，借此掩盖内心的无助。

时间一点一滴地流逝，一切仿佛成了永恒。

等热情和冷静相互抵消后，终结之时终于来临。

咚咚咚。

活动室门口久违地传来了敲门声。

× × ×

我们惊愕地回过神，彼此看了一眼，接着将视线挪向门口。

我趁机长叹了口气。好险，以为差点要死定了。到底是谁在关键时刻救了我一命？我怀着感激的心情看向门口。

但门迟迟没有被推开。就在我们倍感困惑的时候，门后再次传来小心翼翼的敲门声。

由比滨反应过来，对小町说道："小町，你得回应人家。"

"啊，好！请进！门开着哟!"

小町大声说完，来访者战战兢兢地推开门。

"打、打扰了……"

一名留着蓝黑色头发的男生怯怯地打了声招呼，战战兢兢地走了进来。是川什么同学的弟弟，川崎大志。

大志扫了一眼活动室，顿时有些手足无措。可能没想到这个社团女生这么多吧。他僵在原地，迟迟不敢向前。由比滨朝他挥了挥手，用爽朗的声音说道："哇，是大志啊！好久不见！"

"请进。"

"啊，谢谢。打扰了，谢谢。"

在雪之下的催促下，大志难为情地一会儿挠脸、一会儿挠头，同时不住地点头致谢，脸上挂着腼腆的笑容。

嗯，被可爱的学姐亲切地挥手打招呼，会有这种反应也很正常。我懂，但是……

你这家伙在这傻呵呵地笑什么呢？小心我向你姐姐告状。不过，跟那川什么同学聊天的难度太高了。没办法，放你一马吧。多亏我沟通能力差，而你姐姐又那么恐怖。

我决定装作没看到，但有一个家伙不肯罢休。

"他是谁？"

一色讶异地瞥了一眼大志，随即看向我，用怀疑的语气问道。

"川崎大志，川崎的弟弟。"

"欸……那你先告诉我，川崎是谁？"

一色兴致索然地"欸"了一声，但并没有想起来究竟是谁。

"你们不是见过几次吗……舞会那次她还帮忙准备了服装呢。"

"啊，那个看起来很可怕的……"

想起来后，一色慌忙挪动椅子，与大志保持距离。这就是

所谓的"君子不立于危墙之下"吧，她的决定确实明智。川什么同学要是发现自己的弟弟被人刁难，绝对会非常生气！

接着，小町搬来一张椅子放在空位处。

"先请坐吧。"

小町拍了拍椅面，催促完后，转身回到了自己座位上。

"谢谢你，比企谷同学……"

大志神情恍惚地道了声谢，随即像是想起什么似的，惊慌地补充道："啊，比企谷哥哥也在，刚刚那个称呼容易引起误会。我还是换个称呼比较好，对吧，对吧？"

小町疑惑地歪着头。

"欸？没事哟，我们知道你叫的谁哟。不用担心啦，就这么叫没关系的。再说了，大志，你不是称呼我哥哥为'比企谷哥哥'嘛。"

"也是啊……"

大志沮丧地瘫坐到椅子上，肩膀无力地耷拉着，如同《明日之丈》最终话里的丈，整个人苍白无力。

（译注：《明日之丈》是由高森朝雄（梶原一骑）原作、千叶彻弥所绘的拳击漫画。主角名叫矢吹丈。）

由比滨担忧地看着他，一时间不知该说什么。"他是想直接叫名字吧。"雪之下轻声嘀咕完，悄悄垂下眼眸。话语间掺杂着一丝同情和共鸣。

不不，大志那家伙竟然想对小町直呼其名？未免早了点吧。《光之美少女》好歹还熬了八集呢。嗯，反正必须要有个过程。不过，到底什么时候直呼其名比较好呢？这个该怎么定呢？

无视在脑中胡思乱想的我，一色把椅子挪到小町身边，一脸惊讶地在她耳边说道："小米，他真不是装的吗？"

听到一色的提问，小町先是一惊，随即露出无畏的笑容，竖起大拇指说道："哼哼，当然了。"

"哈哈，完全不懂什么意思。"

一色干笑了两声。对此，我们也只能回以苦笑。小町这家伙有时确实难以捉摸……

"小町，最好问一下详细情况吧。"

"啊，也是啊。"

在雪之下的提醒下，小町再次看向大志。她夸张地清了清嗓子，十指交叉，抵在嘴边，用故作严肃的语气说道："咳咳，那么，先说说怎么回事吧。"

"没有，那个，也不是什么大事，也不算是特别烦恼，就是想找人倾诉一下……"

大志害羞地扭动着身体，期间不住地偷瞟小町。但也因为这个，谈话迟迟没有进展。

小町正儿八经地倾听着，但说实话，我有点心焦。雪之下和由比滨也在耐心倾听，唯独我无法忍受，不住地摇晃着椅子。

至于一色，她全程没有参与对话，只是无聊地玩着手机。脸上偶尔露出笑容，在 SNS（社交网络）上逛得不亦乐乎……怎么有种恶女参加无聊联谊会的错觉……

"事情是这样的，我最近有点烦恼，不知该选什么社团……所以，想来听取一点建议……不、不知道行不行……"

能不能快点讲……在我不耐烦的催促下，大志终于进入了正题。

"这样啊，那就进棒球队吧，棒球队好。去打棒球好了。好，就这么定了。"

"秒答？而且好敷衍！"

"至少说说你烦恼的理由吧……"

　　由比滨一脸惊讶，雪之下则有些不耐烦。不过，我可不是敷衍。我是经过耐心思考后给出的建议。因为成为棒球选手后，可以跟声优结婚，比轻小说作家跟声优结婚的概率更高。话说回来，轻小说作家是与声优结婚的概率最低的行业吧。连广播剧作家都有跟声优结婚的。要不我年底也去申请加入棒球队？

　　就在我幻想着自己向职业棒球选拔会递交职业意向声明时，在一旁认真倾听的小町心领神会地点点头。

　　"有没有参加社团的体验活动？"

　　"没有，就算去了也搞不明白……他们问我问题，我也回答不上来。他们都说自己社团要求很松，但实际谁知道呢……"

　　大志为难地笑了笑，将视线挪向我这边。看来跟小町直接对话对他来说很有压力。我懂……

　　"姐姐马上要升学了，到时京华没人照看。所以，我想选个要求不太严格的社团，比较好说话的那种……"

　　"这样啊……"

　　大志明明不是跟我讲话，我却被迫要在一旁回应。不过，青春期的男生会在自己心仪的女生以及众多漂亮学姐面前紧张也很正常。看到他朝我投来求助的眼神，我也不能无动于衷。

　　不过，青春期的男生大抵如此。哪怕拐着弯，也要极力强调自己的诉求！

　　"我也一样，毕竟是高中生了，也该帮着分担一下家里的事务。"

　　大志说着，朝小町那边偷瞟了几眼。言外之意就是：怎么样？别看我这样，我可是经过了深思熟虑哟！

　　小町认真地倾听着他感人泪下的述说，最后用力点点头，转身看向我。

"哥哥，这是那个，对吧?"

"就是那个。"

我们相互点点头，通过眼神无声地交流着。

大志一头雾水。见我们兄妹俩一脸心领神会的样子，一色感到有些不解，忍不住问道："'那个'是指哪个?"

"四月病。"

我和小町异口同声地回道。

"从没听说过这种病……"

"你家的专属《家庭医学书》应该挺厚吧……"

由比滨无语地苦笑了一声。雪之下则按着太阳穴，轻叹了口气。至于一色，她只是兴致索然地说了句"哦，这样啊"，之后没有再理会我们。

唯独大志还一脸呆愣。没办法，那我来解释一下吧……

"四月病就是初中生、高中生、大学生或者社会人士因为进入新环境太紧张，开始做出一些奇怪行为的病。比如觉得自己是大人了，开始尝试用英语对话、写日记、去健身房，等等，总之就是开始做一些多余的事情。"

听完我的解释，由比滨皱着眉头，脸上写满了困惑。

"可这样也没什么不好啊……"

"这种症状一般出现在四月，并不会持续太久。最后只会剩下一些废弃的吉他、没喝完的蛋白粉之类的……"

四月病的可怕之处在于，它就像一种慢性毒药，即便过去很久，也依然能造成伤害。比如大扫除的时候，每当看到那把破旧的吉他、没喝完的蛋白粉之类的，就会忍不住感慨"我果然干什么都不行"……然后产生一种自我厌恶感。那些不切实际的梦想碎片总会不经意间伤害到自己，其中日记的伤害最

大。爱……曾经……我的日记画上了句号，但四月病的后遗症依然挥之不去。

"如果安静点倒没什么，但总有些家伙喜欢开始自吹，甚至有些得意忘形，真的很烦。作为家人多少有些苦恼。"

小町严肃地说道。唉……小町，原来你是这么想的啊……有点受打击……

"没、没有……我不会那样……我会照常参加社团活动……虽然有些敷衍……"

大志断断续续地说道。察觉到我的目光，他顿时满脸通红。

嗯，每个男生都有一两段这样的回忆。抱歉啊，让你这么难为情。也不是叫你赎罪，就是希望你能认真点说话。

"你中学的时候加入了什么社团？"

从他刚刚的语气来看，他好像加入过什么社团。既然他会特意提起，那表示他对那个社团有某种特殊的感情。听到我的提问，大志猛地抬起头，欣喜地回道："软式网球社！还打进了县级大赛！"

说完，他朝小町那边偷瞟了一眼，像是在说："怎么样，我很厉害吧？"对此，小町配合地送上了敷衍的掌声。也好，只要能让大志振作起来就行。这些都没什么，但有一个词我十分在意。

"是吗？既然如此，那网球社不能选。"

"欸？为什么啊？"

大志不解地歪着头。但也只有他不明状况，其余人都心领神会地点点头。

"啊，户冢学长……"

"是因为户冢学长啊……"

"涉及小彩，那就没办法了……"

一色不耐烦地说出了自己的猜想，小町表示十分理解，由比滨也恍然大悟。讨厌，怎么都知道答案……但不管她们怎么想我，我都不会让大志这个轻浮的家伙加入神圣的网球社。我想守护那张笑脸……

但唯有一个人，她既没有点头，也没有摇头。

雪之下撩开滑到肩上的头发，露出得意的笑容。

"看到有新人加入，户冢应该会很高兴吧。"

"唔，话、话虽如此……"

不愧是雪之下……总能精准地命中我的弱点。不仅如此，进攻起来也是毫不手软。

"他要是知道你搅黄了他们社团招新的机会，肯定会难过吧……"

雪之下用惋惜的语气说完，轻轻垂下眼眸。她的动作有些浮夸，但因为长相精致，看起来没有丝毫违和感，这让我倍感困扰。

不过，雪之下说的没错。如此一来，我更是束手无策。算了，动动嘴皮子总可以。

"这个不用担心。等过段时间我加入网球社，他们就相当于没有损失。一来一去，得出的计算结果一样……"

但雪之下没有容许我说完。

"比企谷。"

她笔直地看着我，面颊微红，嘴角微微上扬。她轻启小巧的樱色红唇，像晴空下静静绽放的樱花一般，温柔地宣告道："驳回。"

也是啊，好吧。我知道，我只是说说而已。你要是不驳回，我反倒会很难办呢。

"你可以去找户冢商谈一下，虽然我非常不希望你这么做。"

　　我放弃挣扎，坦诚地表达了自己的态度。大志小心翼翼地举起手。说吧，大志，有什么问题？

　　"那个，网球社会很忙吗？"

　　"嗯，怎么说呢。练习强度比较大吧。小彩经常午休的时候也在练习。"

　　"是啊，他非常努力。有几次我邀请他去玩，他都以忙为理由拒绝了。"

　　尤其最近要开展社团体验和招新活动，让他更是忙得不可开交，根本没时间跟我一起去玩。要是没有工作的话，或许我们可以一起玩个够……万恶的工作，万恶的交稿日。全都是工作的错……不是我的错，是工作的错。

　　可是，伊吕波为什么要一脸不解地歪着头？那表情像是在说："是吗？我怎么感觉不是这样？"未免太奇怪了吧？

　　就在我想着这些的时候，一色似乎想明白了什么，开口说道："不喜欢的人邀请自己的时候，一般都会这么说吧……等我冷静下来、现在很忙、睡觉了，下次去学校再说什么的。"

　　"只有你这样吧？"

　　最后那句话什么意思啊……晚上八点发信息已读不回，第二天早上才回吗……我明明发的是问句，对方却只字不回，只是发个"抱歉"的表情图，真是一丝聊天的欲望都没有……

　　说的就是你吧……想到这里，我偷瞟了一眼其余人的反应。所有人露出狐疑的表情，嘴里意味深长地"嗯……"了一声。

　　"欸……干吗都不说话啊……"

　　"我还有事，我有约了……有时确实会这么说……虽然确实是因为有约才拒绝的……"

　　雪之下捂着嘴，神色复杂地说道。由比滨则露出困惑的笑容，摸了摸自己的丸子头。

"我、我很少这么说，每次别人邀请我去玩的时候，我都会回'好啊，下次大家一起去'之类的……"

"啊，我也经常这么说。"

小町微笑着点头表示赞同。我和大志却一点也笑不出来。

"下次什么的，听完会很受打击……"

"还不如直接拒绝来得痛快。"

我初次跟大志产生了连带感，就将此称为"羁绊"吧……

就在我为男生间的美好友情备受感动的时候，某人突然朝我泼了盆冷水。

"你不是也常说'有空再去'吗？"

"是啊……毕竟我也不知道该不该去呀……"

扭头一看，不只是雪之下，由比滨也不满地嘟着嘴。两人凑在一起，冰冷气场加倍。这哪是冷水，简直是液态氮啊。

"明明没有安排，却还是想着先拒绝再说，真是恶劣。"

"嗯，明明最后还是会去……"

雪之下和由比滨彼此看了一眼，同时歪着头说："对吧？"

但她们很快察觉到了违和感，疑惑地将头歪向相反的方向。

"由比滨，你说的是什么时候的事？"

"不就是那次……"

由比滨回忆了片刻，刚开口说几个字，便慌忙闭上嘴巴，伸出双手，快速摆了摆。

"啊，没、没什么……哎嘿嘿！"

由比滨撤回后面的话语，带着尴尬的笑容心虚地摸了摸丸子头。

哈哈哈，她想说什么？有什么不能说的吗？可她又说没什么。话说，到底什么情况？哪次？什么时候的事……

我记忆中没发生过什么不能说的事情啊。可由比滨却捂着

169

嘴，目光闪躲，面颊微红。面对雪之下如冰柱般尖锐，同时又带着一丝温润的眼神，我的胃里开始疯狂翻腾。

必须想办法解释清楚。于是我在内心深处极力地组织起语言。

"不，不是的。虽然不知道哪里不对，但当中肯定存在误解。即便收到邀请，我有时候也确实是不想去，但有时候到了当天又超级想去。所以，我只能回答'有空再去'。意思是，要等到当天早晨才会有结论。这点参考'薛定谔的猫'这一实验就能明白。"

"薛定谔？什么东西？"

突然听到一个陌生词汇，由比滨疑惑地歪着头。雪之下则沮丧地垂下头。

"为什么要用猫做实验啊，真是心痛。"

"没事啦，只是把猫咪放进箱子里而已。"

小町随口安慰了两句。一色却不满地看着我。

"你的理由好敷衍……"

"哈哈哈，你说什么呢？哈哈哈！"

我汗流浃背地干笑了几声。一色抱着胳膊，垂下视线，开始陷入沉思。

"所以，前阵子的那件事也是秘密，对吧？明白了！"

"哈哈哈哈，在说什么呢？哈哈哈哈，完全不明白！哈哈哈哈，等一下，真的，你是说哪件事？"

一色抛了个媚眼，谄媚地敬了个礼。然后将食指竖在嘴边，她轻轻"嘘"了一声，眯细的眼眸恶作剧似的摇曳着，脸上切换成了小恶魔般的微笑。

糟糕了……该不会真的发生过什么吧？真的糟糕透了。刚刚雪之下和由比滨就朝我投来了怀疑的视线，完蛋了。连大志也用"这家伙什么情况"的表情看着我。男生间的友情果然脆弱……

就在我几近绝望的时候，对面的小町长叹了口气，接着面带微笑地看向一色。

"网球社的情况明白了，那足球队怎么样？会很忙吗？"

话题转移的妙啊，小町！我也只能接过话题，顺势推动对话！我也跟着看向一色。她边思考边说道："练习量还好，就是上下级关系，还有跟前辈相处会有点困难。"

"欸？没想到。以为足球队没这些习俗呢……"

由比滨惊讶地张大了嘴巴。我倒是觉得很平常。

"这个我懂，就是那个吧？叶山会温柔地对你说'大志，你觉得这样做好吗'之类的。那家伙从不告诉你正确答案，却总是装作为你好的样子，用高高在上的语气说话。那种人相处起来确实够呛……"

"这是严重的偏见！"

"不，是经验之谈。"

面对由比滨的指责，我淡淡地回应了一句。我可是亲身体会过，怎么能说是偏见……就在我想着这些的时候，雪之下轻声嘀咕道："跟我姐姐的说法方式一样……"

没错，就是这样。我默默点头。一色见状，露出苦涩的神情。

"你把叶山学长当什么了……叶山学长才不会那样，你说的是户部学长吧。"

"户部啊……户部的话，嗯，还好吧，嗯……"

由比滨似乎想起了什么，连忙别开视线，开始含糊其词。这家伙真是善良……

"那个人喜欢摆前辈的架子……每当有后辈加入，他都会非常开心，然后表现得像个大哥的样子，开始得意忘形，慢慢地就产生了等级关系……"

什么？这些话为什么是从伊吕波口中说出来的？而且是一副嫌弃的口吻？

"啊，简直是自负巅峰呀……"

小町心领神会地点头附和道。那是什么，迪兹尼乐园的新项目？太可怕了吧……看，大志都被吓到了，脸上带着苦笑……

"我不太适合这种……"

矫情的家伙……我本想这么吐槽，但仔细想想，我也一样……实在没脸说别人。

"运动社团基本都差不多。体育类的一般都逃不了上下级关系和人情世故。所以，只能考虑文化社了。"

雪之下用手抵着下巴，陷入了沉思。听到她的话语，一色露出了淡淡的微笑。

"文化社的这种情况更是根深蒂固。大多社团都不分男女，很容易引起摩擦。"

"什么情况？你的经验之谈？哪个社团啊？"

一色的吐槽莫名地带着一丝真实感，让人不禁后背发凉。我下意识地道出了内心的疑问。但一色只是笑了笑，什么也没说。欸……这样我更好奇了……难道是我认识的社团吗？

与此同时，有着相似想法的大志冷不丁地开口问道："文化社吗……那、那个，比企谷同学加入了侍奉社吗？"

"嗯，是啊。而且，我是社长。"

"这样啊。欸……啊，那不如……"

大志欲言又止。后面的话不问也知道。所以，我才更要打断他。

"不用这么着急啦，先好好思考一下吧。那今天先到这里，我要去摘花了。"

"欸……"

没等大家反应过来，我快速从座位上起身，边转动肩膀边走到大志身边，用下巴指了指走廊。他似乎理解了我的用意，慌忙站起来。

"那、那我今天也先告辞了……"

"啊，嗯，再见!"

倾听着背后传来的道别声，我和大志一起离开了活动室。他也不想在自己在意的女孩面前被我说教吧，这方面还是给他点面子吧。

我们沿着走廊向前走了一会儿，等到活动室听不到我们的声音后，我转身看向大志。

"你真的想加入这个社团吗?"

"如果可以的话，当然想。你果然不同意吗?"

大志挠了挠头，难为情地笑了笑。

对于想靠近小町的男生，我当然会有意见。如果是为了接近小町才想加入侍奉社，那我绝不同意。但这事下次再说。

"先不说小町，作为哥哥，我有些经验之谈要告诉你。"

听到这里，大志的表情突然变得严肃起来。如此我更加确信，这家伙就是个姐控。所以我接下来的话，他应该能明白。

"你姐姐应该不喜欢你的这种做法吧?"

"哈哈，我姐姐确实会很反感。"

大志爽朗地笑了笑。他的脸上没有害羞，取而代之的是更深厚的情感。

"但我不是这个意思。我不是要提醒你，我只是想报恩。而且，你姐姐如果知道你加入了这个社团，应该会很开心吧?"

"啊？为什么?"

大志一脸呆愣。我朝他投去讶异的目光。接着，大志咧嘴

笑了笑，半开玩笑似的用手肘捅了捅我。这家伙好烦……

"讨厌，别把问题丢给我嘛，哥哥。"

"再叫我哥哥就宰了你，赶紧回去吧。回头再联系。"

再跟他聊下去也挺麻烦。我咂了咂舌，再三挥手催促后，他这才转身离开。我刚朝着厕所走了几步，背后再次传来他爽朗而高亢的说话声。

"谢谢！请多关照！"

我没有回头，只是挥了挥手，以此作为回应。

真是的，姐控就是难应付……

× × ×

回活动室前，我特意履行承诺，去摘了点鲜花。回到活动室的时候，女生们聊得正欢。

"但是，大志说的话确实容易让人误解。我要是有妹妹的话，也会那么想。好羡慕啊……我也好想有个哥哥啊。"

"啊，我懂。对独生女来说，真的好羡慕这种。"

由比滨和一色叽叽喳喳地闲聊着，小町在一旁不时地附和几声，趁我回到座位上的时候，面带微笑地说出了一番极其无情的话语。

"小町才不想要哥哥，小町想要姐姐，真的。"

"啊，姐姐不错。可以借她的衣服、化妆品，还可以一起出门。"

"不错哟，这样等于衣服和化妆品都只用花一半的钱，性价比超高啊。"

"也不能这么算吧……"

每个人都有不同的理由，大家都开始憧憬有姐姐的生活。

但现场唯一有姐姐的雪之下却不这么认为。

"是吗？我倒觉得有姐姐没什么好的。"

"抱歉，雪乃学姐的情况不具备参考价值，可以暂时不参与这个话题吗？"

"这、这样啊……"

听到一色的话，雪之下沮丧地垂下头。伊吕波说的话十分在理，我也很赞同她的观点。但是，说话方式能不能委婉点？比如这样说如何——我清了清嗓子，开始做起了示范。

"那个人确实有点怪，甚至有点超出常规理解……确实跟大众理解的姐姐不一样。"

"是、是啊！那个人确实有点怪。"

雪之下抬起头，微笑着说道。不知为何，她的脸上夹杂着一丝得意的神色。说起来，这家伙好像非常喜欢阳乃小姐……姐姐也非常喜欢妹妹。只是双方的表达方式有些扭曲，无法理解彼此……

就在我暗暗琢磨雪之下姐妹的关系时，由比滨突然把话锋转向我。

"阿企呢？你有没有想过要哥哥或者姐姐？"

"没有。我的哥哥或者姐姐肯定会有点那个……"

我不假思索地回道。

"你明明什么都没说，却感觉很有说服力……"

雪之下用鄙夷的语气说道。不用细说也能传达，真省事……

"如果有哥哥的话，确实有点那个……但是阿企，如果有个姐姐的话，应该能友好相处吧。我感觉，阿企应该能跟姐姐相处得很不错。嗯。"

说着，由比滨得意地挺起了胸膛。不是，就算你们把姐姐

说得再好，我也不想要啊……

这时，旁边的雪之下轻轻抚了抚那头飘逸的长发，随即露出比往常要稍显成熟的微笑。

"确实。当你的姐姐需要被迫包容你那无可救药的废柴性格……"

"没错没错。而且，阿企超喜欢我妈妈！应该跟年上的姐姐很合得来哟！"

"笨蛋，你瞎说什么呢？这世上还有人不喜欢由比滨的妈妈吗？大家都很喜欢啊，给我适可而止，真的。"

"干吗突然这么激动？"

当然会激动啊，我可是超喜欢由比滨的妈妈。喜欢到无法坦诚相待，喜欢到没勇气面对她哟。我刚想急切地辩解一番，不知为何，余光中的雪之下露出了心领神会的表情。

"我母亲也一样。你也被她喜欢上了。"

"能不能别用被动句？还有，这事我还是第一次听说，能不能别在这种场合披露？"

我一直觉得你母亲超级恐怖。阳乃也很恐怖，最近的雪乃也有些恐怖……但我并不讨厌这种感觉，说来实在复杂。这就是所谓的怕馒头理论？

（译注：这里取自日本的一个古典落语节目，某天有个穷人在馒头店前晕倒，店主上前询问，男子说是因为害怕馒头。店主为了刁难他，把他关进一个放满馒头的屋子里，穷人因此饱餐了一顿；接着他又对店主说害怕茶……）

下次装作害怕妹妹好了……我刚伸手想要端起茶杯，一色像是得到了信号一般，意味深长地笑了笑。

"但是，学长其实很喜欢年下的学妹，对吧？"

一色边喝着茶边说道。雪之下思考了一会儿，问道："年上和年下的定义标准是什么……"

"还能是什么，当然是根据年龄定义啊……"

这家伙在问什么呢……听完我的回答，雪之下悄悄别开视线，默默地用手梳理起了头发。头发像一块帘子一样，挡住了她的脸颊，但透过头发缝隙隐约能窥见她略微发红的脸。

"这、这样啊……如果按出生年月来算的话……那……我也算年下吧。"

怎么可能？

兴许是为了掩饰内心的尴尬，雪之下断断续续地用试探性的语气说道。怎么可能，年上年下一般是按照年级来划分的哟？再怎么可爱，你跟我也是同级生哟？

好险好险。真的好险！差点要把她当成年下了，甚至差一点就要乱了阵脚……但还没等我安心几分钟，又有个人开始胡言乱语。

"按照实际年龄不太好吧。要不按照精神年龄！那样的话，我感觉我是年下的那方！那阿企就是我的哥哥！"

"不是，你这逻辑也太奇怪了吧。"

但由比滨没有听进我的话，而是在那反复咀嚼着自己刚刚的发言。

"哥哥……哥哥啊……感觉也不错呢！"

由比滨边嘀咕着，边用手抚摸着淡桃色的丸子头，脸上露出了幸福的笑容。修长的睫毛缓缓垂下，柔软的脸颊逐渐变得舒缓，娇嫩的嘴唇反复重复着那句话。

我不禁联想起全家便利店内反复播放的广告词——"也许我是哥哥？"我用力摇了摇头，拂开心头混乱的思绪。不对，不管怎么想，由比滨的精神年龄都比我大吧。你可是个成熟的小大人……当然也可能是我太幼稚了。

由比滨似乎也感觉有些不妥，她回过神来，猛地睁开眼睛。

"啊，叫哥哥似乎不太好。"

我大致能猜出她这番话的言外之意，但我决定不去解读，而是径自表明了自己的原则。

"嗯、嗯……是、是啊……我有小町这一个妹妹就够了……"

谢谢你，我的妹妹。多亏了你，我才能免去一场灾难。我用热切的语气组织的语言里，一定透着满满的真诚吧。

坐在对面的小町用双手捂着嘴巴，眼睛逐渐湿润，喉咙里发出了感动的声音。

"哥哥……呜呜，虽然听着很恶心，但是谢谢你！小町也有哥哥就够了，哥哥就已经够麻烦了，再也容不下第二个了……"

"小米好过分啊……"

听到小町辛辣的发言，一色突然同情起我来。小町却丝毫没有放在心上。

"因为在妹妹眼里，哥哥都是这样的哟。"

"确实，妹妹眼里的姐姐也是这样。"

小町和雪之下看了看彼此，轻轻一笑。也许这是只有妹妹才会有的感受。两人心领神会地相视一笑，那是独属于她们的心有灵犀，旁人难以进入。

"当妹妹真是够呛啊……"

"是吗？有妹妹的话，那跟我的设定岂不是重复了？要年下泛滥了哟。"

由比滨羡慕地注视着她们，一色则满脸担忧地看着那边。不，你真的多虑了……没事哟，伊吕波是独一无二的哟……顺带一提，我家妹妹小町可是人气最高的妹妹哟！（据我调查）

"啊，小町想到一个办法，可以说吗?"

"当然，你可是社长哟，小町。"

得到雪之下的大力肯定，小町开心到浑身颤抖。她用力点点头，头上的呆毛不住地摇晃。

"那么，作战会议开始，大家都靠过来……"

说完，小町朝我们招了招手。明明活动室里没有旁人，她却打算说悄悄话。算了，可能这样更有作战会议的感觉吧。我们苦笑着看了看彼此，接着前倾着身体，倾听小町的作战方案。

但因为大家凑得太近，不时有气息撩拨着我的耳朵，甘甜的香气时不时钻入鼻腔。小町的作战方案我只听进去了一半。还没等我回过神，作战会议便宣布结束。

糟糕，没事吧……我不安地看向其他人，好像除了我，她们都听明白了。那应该没事吧。反正有她们把关，没事!

"这样啊，这办法确实很符合小町的作风呢。"

雪之下静静地点点头。小町难为情地挠了挠脸颊。

"是吗?"

"嗯，虽然不是特别直观的解决方案，但这样可以少一些心理负担，办法也比较委婉。"

"嗯，我觉得不错!"

由比滨也微笑着摸了摸小町的头。得到两人的肯定，小町难掩欣喜，同时又有些难为情。

"还不错吧……虽然我不是社员，跟我没太大关系。"

一色虽然态度高傲，但从语气间可以听出，她也没有太大意见。她交替看了看我和小町，轻轻一笑。

"你跟学长真的好像……"

"不，才不像。"

小町摆了摆手，严肃地予以否决。

欸……嘴还挺硬……这点也跟我很像，没什么不好的呀……

×　×　×

第二天放学后，去活动室前，我和小町先去了一趟校门口。同行的还有委托人川崎大志。他的脸上写满了不安，目光不时瞟向校门外，嘴里时不时发出沉重的叹息声。我明白他此刻的心情。

毕竟这次的作战方案十分牵强。小町提出的方法其实很简单，简单到可以将其命名为"THE 小町"并发布的程度。所以，所需人手也被压缩到了最小限度。有我和小町足矣。当然，也因为人少办事更方便。接下来要攻克的对象十分棘手，谁也无法预测对方会有什么反应。至少，我没办法跟那人正常交流。所以这次的沟通任务落到了小町身上。她的脸上没有一丝的不安，甚至还哼着歌看向门外，看起来游刃有余，甚至可以说是满怀期待的样子。

终于，对方来到了约定碰面的地方。

一头蓝黑色长发被束在脑后，单马尾轻轻摇摆，身后还跟着一对调皮可爱的"双马尾"。

是川崎沙希和她的妹妹川崎京华。

看到我们后，京华愉快地挥了挥手，小步朝我们这边跑来。

"小町！"

"京华妹妹！"

小町温柔地抱着京华，怜爱地抚摸着她的头。京华眯细眼睛，看起来十分享受的样子。川崎却一脸愁容。

“应你们的要求带过来了……那个，这是什么情况……”

大志似乎没说明清楚情况就把她们叫出来了。她用狐疑的眼神看着我、小町和大志。事已至此，还是说明清楚情况比较好。

“啊，抱歉。大志最近在烦恼不知该选什么社团。你看，我们不是发生过很多事情吗？所以……”

“啊！等一下！比企谷哥哥！你说什么呢！”

大志连忙走到我和川崎中间，打断了我们的谈话，然后朝我投来鄙夷的眼神。不是，你也没说要保密啊……而且就算不说她也知道吧。

“明明可以不用在意这些的……”

川崎皱着眉头，噘起嘴巴，但声音十分柔和。看来就算我不加说明，她也能猜出个大概。

“哎呀，可是……”

面对姐姐温柔中透着一丝悲伤的眼神，大志有些手足无措，话说到一半，突然又咽了下去。

“但是，作为弟弟，难免会在意的……”

小町接过话题。大志用力点点头。

“啊，嗯。这个我懂……但那是我的工作……”

川崎为难地欲言又止。小町微微笑了笑，说道：“所以，小町觉得，你应该尊重一下弟弟妹妹的想法哟。”

说完，小町蹲下来，与京华保持同等高度的视线。川崎和大志不约而同地将头歪向一侧。其实没什么好惊讶的。小町一开始的交涉对象就是川崎京华。

“那个，京华妹妹。姐姐接下来会有点忙，可能没什么时间来接你。在家的时候，也可能没那么多时间陪你。”

京华尚且年幼，即便跟她说明事情，也不清楚她究竟能理

解多少。但不能因为这个就放弃沟通。最重要的是，不能因为小朋友年纪小就无视她的感受。

听完小町耐心组织的语言，京华眨了眨眼睛，似懂非懂地点点头。

"这样啊……"

京华大大的眼睛里浮现出疑惑和悲伤，慢慢地眼眶湿润，眼泪即将夺眶而出。川崎顿时慌了神，连忙伸手想要抱京华。但小町抢先一步抱住了她。

"但是啊，今后大志哥哥可以陪你哟。"

小町用俏皮、愉快、轻松的语气说道。京华也开心地笑了笑，然后挺起胸膛，用小大人似的口吻说道："大志哥哥呀……嗯，好吧，没办法了。"

"欸？没办法……欸？京华，你讨厌哥哥吗？"

大志用颤抖的声音问道。京华瞟了他一眼，不假思索地回道："还行吧。"

"呼……这、这样啊！没被讨厌就好……"

"你还真是乐观啊！"

"啊，那个，小京很喜欢大志的……"

川崎慌忙解释道。小町听到后，扑哧地笑了一声。

"也是啊，毕竟是哥哥，很难把喜欢说出口，毕竟缺点太多了。"

"我明白！小町也是这样吗？"

"嗯，是哟！平时从来不打扫卫生，也不收拾，只会在心血来潮的时候打扫一下地毯，真的让人很火大。"

"我明白。男生虽然心细，但一点也不会察言观色。"

小町的声音很温柔，但说的话却十分辛辣。京华的语气有些稚嫩，但说的话确实一针见血。川崎默默地点头附和。

后来，两人继续吐槽着哥哥的缺点。我和大志垂着肩膀，在一旁默默反省。突然，小町用柔和的声音说道："但哥哥有时候还是挺好的哟。我家哥哥能陪我一起看《光之美少女》呢!"

"哇，《光之美少女》……"

"是啊是啊，还会一起玩扮演游戏。"

听完小町的话，川崎朝我投来鄙夷的眼神。

"你在家都干些什么……"

"没有，那是很久以前的事了……"

我极力辩解起来。下一秒，京华用充满元气的声音说道："我们也会玩，跟沙希姐姐一起! 对吧?"

话题突然转到自己身上，川崎难为情地捂住了脸。哎呀，我懂啦，没事哟……毕竟你是个好姐姐……肯定也会一起看《光之美少女》……

就在我用温柔的眼神看着川崎和京华的时候，我家小町小声清了清嗓子。哎呀，糟糕，忘了作战方案的事情……我也清了清嗓子，表示信号收到。

大军师比企谷小町的策略上线，It's Play Time（游戏时间到）!

"我哥哥真的很好哟，会教我学习，会一起做饭，还会帮助有困难的人……真的很酷。"

"大志哥哥也是，大志哥哥也很棒! 听我说啊，大志哥哥打网球超厉害，超帅。"

这是兵法的三十六计之一"无中生有"。两人开始各自吹嘘自家的哥哥。通过捏造哥哥的各种优点，我们终于从京华口中听到了她哥哥的优点……竟然能想出这么完美的策略，那家伙是诸葛军师吗?

"这样啊，好羡慕呀，太帅了吧!"

"嗯，大志哥哥很帅，我喜欢大志哥哥。"

小町面带微笑地瞟了我一眼，京华也跟着看向这边。两人脸上挂着最可爱的笑容，如同两朵盛放的鲜花。

"欸？哦、哦……"

大志感动到呜咽起来，已经没办法正常说话。好，接下来的推进工作就交给我了。

"可是，当哥哥的就应该让妹妹看到帅气的一面哟。"

我轻轻推了推大志的后背。于是，他摇摇晃晃地朝京华走去。但没走几步，仅存的一丝理性再次牵制住了他的脚步。

"不、不行，这样对不起姐姐……"

嗯，看来给的动力还不够。那就使出最后的绝招吧。

"没什么啊，你姐姐也在努力地向你们展示优秀的一面啊。"

"喂、喂……"

川崎慌忙抓住我的肩膀，试图阻止我。但她没有否认，这对大志来说足以。大志挠了挠鼻头，"嘿嘿"地笑了笑。

"总有一天，我要打进全国大赛。"

发表完豪言壮语后，大志朝着京华身边跑去。

接下来是网球社的事情，找户冢商谈应该就行吧。他一定会好好引导他的。把问题都丢给了你，抱歉啊，户冢。不过我的任务暂时完成了。

解决方案虽然有些牵强，问题也没有完全解决。但正如雪之下所言，这是小町能想到的最温柔的方式。

我安心地吐了口气。小町快步走过来，对川崎说道："沙希姐姐，如果他们兄妹之间有什么困扰，可以交给小町！小町可是专业的妹妹。尽管来找我！虽然别人家的事情，我也不确定能够帮到多少。"

"什么情况，你也太坦诚了吧。不过……嗯，有问题我会来请教你的。谢谢……"

听完小町过于直白的话语，川崎露出了苦笑。但很快又转为柔和的微笑。"那我们先走了……"川崎小声道了别，轻轻挥了挥手，朝着大志和京华身边走去。

看着三姐弟并肩离去的身影，小町下意识地嘀咕道："有个帅气的哥哥真好呀，好羡慕啊！"

"这是什么话，说得我好像不帅一样。"

"我刚刚都是编的……哥哥身上哪有称得上帅的地方……"

小町露出了鄙夷的表情。我故作严肃地说道："只要安静地闭上眼睛，就能看到你心目中的哥哥的样子了。"

小町变着法子试了几遍，最后放弃似的垂下肩膀。

"哥哥，你对自己在小町心目中的形象也太自信了吧……即便是小町，也没办法看到那样的一面……"

"哈哈哈，那是你修炼不够。虽然主要责任在我……"

"就是……算了，我们回活动室吧。"

说完，小町转过身，朝着教学楼的方向走去。穿过正门的时候，她哼着歌，蹦跳着往前走着。

"我早晚会让你看到我帅气的一面的，反正还要一起相处一年。"

趁小町快步走上楼梯的时候，我在她身后说道。接着，我也不紧不慢地跟了上去。

不能操之过急，毕竟这是我跟小町在同一个学校度过的最后一年。我要尽情享受和她在一起的时光，直到厌烦。

我沿着楼梯一步步往上走去。见我跟了上来，小町在楼梯顶端转过身，裙摆随风飘动。

"不是一年，而是一辈子哟！所以，要一直让我看到你帅气的一面哟！"

说完，小町按住在风中摇曳的头发，露出了沉稳的笑容。十五年来，这还是我第一次看到小町如此美丽的一面，我不禁看入了迷。

"开玩笑啦，刚刚的小町得分超高!"

小町调皮地做了个胜利的手势，朝我投来像小时候一样天真无邪的笑容。

直到厌烦？说什么蠢话，我怎么可能厌烦！我的人生太需要妹妹了，相处一辈子都不够哟!

这时候是不是应该说一句……果然有妹妹就够了？

完

白鸟士郎

Shirou Shiratori

作家。著有《Radical Elements》系列（GA 文库）、《农林》系列（GA 文库）、《龙王的工作》系列（GA 文库）等。

田中罗密欧

Romeo Tanaka

作家，编剧。担任游戏作家，编剧。担任游戏《CROSS†CHANNEL》等项目的剧本策划。著有《人类衰退了》系列（GAGAGA 文库）、《AURA~ 魔龙院光牙最后的战斗 ~》（GAGAGA 文库）、《Marginal Night》（KADOKAWA）等。

伊达康

Yasushi Date

作家。著有《琉璃色的瞎扯淡日常》系列（MF 文库）、《结果，忍者和龙哪个更强？》系列（MF 文库）、《死党角色很难当吗？》系列（GAGAGA 文库）等。

天津向

Mukai Tenshin

搞笑艺人，作家。著有《艺人 Destination》系列（GAGAGA 文库）、《渣男与天使的二周目生活》系列（GAGAGA 文库）等。

丸户史明

Fumiaki Maruto

作家，编剧。担任游戏《青空下的约定》《世界上最 NG 的恋爱》等项目的剧本策划。著有《路人女主的养成方法》系列（富士见 Fantasia 文库）等。

渡 航

Wataru Watari

作家。著有《妖怪狂乱》系列（GAGAGA 文库）、《我的青春恋爱喜剧果然有问题》系列（GAGAGA 文库）等。在《Project QUALIDEA》中担任作品执笔和动画版剧本策划。

✒ 后记
（伊达康）

大家近来如何？我是伊达康。

这次在《我的青春恋爱喜剧果然有问题》番外篇中负责材木座的部分！

我从没想过能有机会参加这个项目，得到消息的时候，我倍感荣幸，内心无比激动。在创作的过程中，我比对待自己的作品还要认真……不知道大家感觉如何？

写这个故事的时候，我把文库本中材木座出场的部分用附笺做了标记，反复咀嚼这些片段后，再深入构思材木座义辉的故事。要知道，我也只在教科书和参考书中用过附笺。

这个故事若能为大家带来一点欢乐，我将感到不胜荣幸。

尤其是材木座的粉丝们，祈祷看完后不会有人吐槽说"我的义辉可不是这个样子的！""别把材木座的粉丝当傻子！""这样的材木座我不认可！"之类的。

最后，"我青春"系列终于迎来完结，大家辛苦了。

请允许我向创作了如此精彩巨作的渡航老师献上由衷的敬意……

伊达康

🖋 后记
（田中罗密欧）

恭喜"我物语"（我的专用简称）迎来大结局。

正片完结后再出短篇集，这想法真不错。为了庆祝完结，我也寄了两份短篇手稿。番外短篇集好像会出四册，不知道我的部分会不会被收录到不同的卷数中，如果能为大家带来一点欢乐，我将感到不胜荣幸。

对了，本作的主人公八幡好像超级喜欢拉面，我也一样，超级喜欢店里的套餐。

探索个人经营的小店非常有乐趣，但因为位置关系，我去YAYOI KEN（店名）比较多。高圆寺附近有家时尚咖啡厅，里面有可以自由DIY的汉堡，可以随意搭配盘子里的面包、生菜、泡菜之类的。第一次去吃的时候，我气得大喊："能不能直接出成品啊！"对于我这种四十多岁的男人来说，套餐才是外出用餐的完美选择。

去YAYOI KEN的话，我推荐茄子味噌和烤鱼套餐。只推荐这个。

本来有茄子味噌就够了，结果还加了烤鱼和凉菜，要是再加点免费的酱菜，多少饭都不够吃。所幸YAYOI KEN可以免费添饭。不过我吃太多米饭容易打瞌睡，建议大家帮我多吃点，最少添三碗（女性也一样）。放心吧，小菜绝对够。

对于去 YAYOI KEN 十次、九次都点的茄子味噌套餐的我来说，YAYOI KEN 简直就是"茄子味噌和烤鱼套餐店"。

后
记

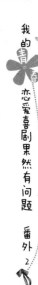

✒ 后记
（天津向）

　　大家好，我是天津向。这次能有幸参加"我青春"的番外篇，真的非常感谢。感谢大家的垂阅。

　　创作这次的番外故事的时候，我起初想写平冢老师和八幡的故事。我非常喜欢平冢老师，喜欢到无法自拔，所以我越写就越感觉乐在其中，最后我甚至开始嘀咕"我不是天津向，我是比企谷八幡。八幡的真正圆满结局是和平冢老师在一起"。糟糕，我成了可疑分子。

　　所以怎么说呢，我所描绘的平冢老师身上承载着我个人的愿望，可能看完会觉得跟正篇的平冢老师不太一样。这点非常抱歉，还请谅解。但这是我的愿望，还请包容。

　　另外，我还执笔了《雪之下雪乃篇》和《川崎沙希篇》。这两个故事也非常有趣，还望大家抽空垂阅。

　　给我这次宝贵机会的 GAGAGA 文库编辑，还有原作者渡航老师，真的非常感谢你们。

天津向

✎ 后记
（丸户史明）

大家好，我是丸户史明。

因为之前在某动画片 DVD 特典番外小说中与渡航老师有过交集，这次有幸再次获得合作机会……最初接到委托的时候，我哭着说"不行，你的作品粉丝量多到可怕……而且合作的全是一些具有文学素养的作家，我这种搞笑编剧简直望尘莫及啊"！但编辑没有放过我，最后我只能惶恐地加入了这支队伍。

不过，出于以上顾虑，我有幸获得了自主选择主要角色的权利，最后才有了这篇不明所以的作品。

说起来，我从作品正篇的第一册开始就特别在意这次的故事主角叶山隼人，（作为男性读者）实在是有些偏离常态。所以，我读到第四册的那段和第六册的那段的时候，内心十分激动……但后来，可能因为所处的位置距离核心太近，作者似乎也有许多顾虑，他的发言拐弯抹角，充满谜团，让人不禁产生各种猜想，最后陷入这种恶性循环……不过，这些都不重要啦，反正我比作者早一年写完。（禁语）

因为这个，这次经过校对后，我被迫要对《平成已经结束了哟?》这篇文章进行修改，你们该怎么补偿我啊，真是的……

🦋 谢词
（渡航）

　　白鸟士郎大人、伊达康大人、田中罗密欧大人、天津向大人、丸户史明大人，谢谢你们。收到大家的投稿，各种情感涌上心头。如果要用一句话概括，就是：我感到无比幸福，如同一场有关 LOVE&PEACE 的美好旅行。请允许我再次致以诚挚的谢意。

　　Ukami 大人、Shirabii 大人、红绪大人、户部淑大人，每次看到你们的插画，我都会心跳加速，整个人被甜蜜的幸福感包围。这种感觉已经超越了恋爱，用爱已经不足以形容我的感谢和情感。真的非常感谢大家。

　　Ponkan⑧大神，谢谢你大神，Thank you 大神，感谢大神，请多关照大神。

　　责编星野大人，谢谢！什么？下次肯定能赶上截稿日！噶哈哈！

　　GAGAGA 编辑部的各位，以及予以协助的各公司职员，由衷感谢大家帮忙联系各位作家和插画师，并协助编辑稿件。真的非常感谢。

　　然后是读者们，如同这次番外企划一样，"我青春"的故事也得到进一步的扩展，多亏了大家的支持，我们才能继续下去。正因为有你们在阅读，我才能坚持创作至今。感激之情无以言表。谢谢你们。"我青春"因你们而存在！

接下来，让我们在《我的青春恋爱喜剧果然有问题 番外 3 结衣篇》相见吧！

二月某日 字数 MAX 页数 MAX 喝着 MAX 咖啡 渡航

（译注：MAX 在这里是指一款咖啡的品牌名，是这部作品中男主角经常喝的品牌，类似于男主角的标志。作者在这里用了"MAX"的梗。）

著作权登记号：皖登字 12222041 号

YAHARI ORE NO SEISHUN LOVE COME WA MACHIGATTEIRU.
ANTHOLOGY Vol.2
by Shirou SHIRATORI, Yasushi DATE, Romeo TANAKA, Mukai TENSHIN,
Fumiaki MARUTO, Wataru WATARI
©2025 Wataru WATARI
Illustrations by Ukami, Shirabii, Sunaho TOBE, Benio, Ponkan⑧
All rights reserved.
Original Japanese edition published by SHOGAKUKAN.
Chinese (in simplified characters) translation rights in China (excluding Hong
Kong, Macao and Taiwan) arranged with SHOGAKUKAN through Shanghai Viz
Communication Inc.
本作品中文简体字版由日本株式会社小学馆通过上海碧日咨询事业有限
公司授权安徽少年儿童出版社在中华人民共和国(不含台湾和香港、澳门
特别行政区)独家出版发行。

图书在版编目(CIP)数据

我的青春恋爱喜剧果然有问题. 番外. 2, 集体篇 /
(日) 渡航等著 ; (日) Ponkan⑧等绘 ; 青青译.
合肥 : 安徽少年儿童出版社, 2025. 5. （2025.7重印）
-- ISBN 978-7-5707-2473-4

Ⅰ. I313.45
中国国家版本馆 CIP 数据核字第 2025FZ1698 号

WO DE QINGCHUN LIAN'AI XIJU GUORAN YOU WENTI FANWAI 2 JITI PIAN
我的青春恋爱喜剧果然有问题　番外 2　集体篇

[日]渡航 等 / 著
[日]Ponkan⑧ 等 / 绘
青青 / 译

出 版 人：李玲玲	责任编辑：王卫东　姜媛苑	责任校对：于　睿
版权运作：柳婷婷	责任印制：郭　玲	

出版发行：安徽少年儿童出版社　E-mail：ahse1984@163.com
　　　　　新浪官方微博：http://weibo.com/ahsecbs
　　　　　（安徽省合肥市翡翠路 1118 号出版传媒广场　邮政编码：230071）
　　　　　出版部电话：(0551)63533536(办公室)　63533533(传真)
　　　　　（如发现印装质量问题，影响阅读，请与本社出版部联系调换）
印　　制：安徽新华印刷股份有限公司
开　　本：787mm×1092mm　　1/32　　印张：6.25　　字数：160 千字
版　　次：2025 年 5 月第 1 版　　2025 年 7 月第 2 次印刷
印　　数：20001~23000

ISBN 978-7-5707-2473-4　　　　　　　　　　　定价：28.00 元